双葉文庫

鎧月之介殺法帖

斬奸状

和久田正明

目次

この作品は双葉文庫のために書き下ろされました。

斬奸状《ざんかんじょう》　鎧月之介《よろいつきのすけ》殺法帖《さっぽうちょう》

第一話　人殺し

一

星影のない暗黒の向こうから、重苦しいような海風が吹いていた。

そして異様に赤く血ぬられたような月だけが、この宏大な深川木場《ふかがわきば》の木置場を煌々《こうこう》と照らしている。

月下に二人の男が河岸に立ち、大刀を正眼に構えて、燃えるような気魄《きはく》をみなぎらせて対峙《たいじ》していた。

精悍《せいかん》で彫りの深い面立ちは鎧月之介《よろいつきのすけ》で、もう一人は極悪無双の面構えの大滝伝蔵《おおたきでんぞう》という浪人だ。

月之介の刀の銘はそぼろ助広《すけひろ》といい、刀身が二尺八寸（約八十五センチ）もある大業物《おおわざもの》である。

鍔《つば》は波に龍が彫られ、鞘は蠟色塗《ろういろぬ》り、柄《え》には白鮫皮《しろさめがわ》を着せてある。そぼろとは乱れ刃という意味で、助広のそれは丁子乱《ちょうじみだ》れにさらに乱を生じさせている。

その乱れ刃が月光に光り、一瞬大滝をたじろがせた。

無情の風を受けながら、やがて二人は睨《にら》み合ったまま、微妙な動きを始めた。

月之介は静かに下段の構えに移行し、剣先を相手の膝のやや下につけた。

この下段の構えというものは上体に隙ができるので、相手を誘いこむ時や、おのれの剣法に自信のある者が取る構えである。

するとそれにつられたかのように、大滝は左足を大きく一歩踏み出し、体勢を相手に対して斜めに向けた。そして右拳を右肩の高さまで上げ、左拳を右胸の前にして刀を立てるようにし、剣先をやや後ろ向きにした。右八双《みぎはっそう》の構えである。

ひょう、ひょう……。

海風が唸りを上げた。

海上一面に浮かんだ筏《いかだ》が、波に揺さぶられてぎしぎしと軋《きし》んだ音を立てている。

と――。

大滝が右八双のまま、だだっと力強く前進し、裂帛《れっぱく》の気合と共に刀を閃かせた。

「とおっ」

月之介は数歩下がり、白刃を上向きにして下から風を切って斬り上げた。

それを大滝は難なく躱《かわ》し、間髪を容れずに二の太刀、三の太刀をくり出す。巨体なのにその動きは敏捷《びんしょう》だ。

だが――。

月之介は左右に躱しながら怯《ひる》まず撃刀し、猛然と踏みこむや、大滝の左肩から胸の下まで一気に斬り下げた。袈裟《けさ》斬りである。

大滝の切り裂かれた着物から肉が割れ、血汐《ちしお》が洪水の如《ごと》く噴き出した。

「ぐわあっ」

ひと声叫んだ大滝が虚空《こくう》をつかみ、どーっと後ろ向きに倒れた。

すかさず月之介が近づき、大滝の手から刀を蹴りのけておき、

「成敗《せいばい》」

そう言い放つや、ざくっと留めを刺した。

びくんと躰を海老《えび》のようにはね上げ、それで大滝は息絶えた。

血刀を懐紙で拭って納刀し、月之介が一抹《いちまつ》の安堵を得て太い息を吐いた。

その刹那《せつな》、気配を感じて鋭くふり向いた。

筑後橋《ちくごばし》の上に黒い影が突っ立ち、一部始終を見ていたのだ。

月光に照らされたその影はまだ十五、六の少女で、髷《まげ》を桃割れに結い、幼さの残る可憐な貌《かお》は白く凍りついていた。

月之介は何も言わず、冷然と少女を見ている。

少女は恐怖に目を見開いたまま、ずずっと後ずさる。

その手に提灯《ちょうちん》が握られていて、鹿子屋《かのこや》と書かれた屋号がくっきりと読めた。

「人殺し」

少女が叫んだ。

その声は吹き荒《すさ》ぶ風音に、たちまちかき消された。

月之介はそこから動かず、声も発せず、無言で少女を見ている。

やがて少女は身をひるがえし、また「人殺し」と叫びながら、三十三間堂町《さんじゅうさんげんどうちょう》の方へ走り去って行った。

少女を見送る月之介の目には、無残な翳《かげ》が宿っていた。

それは、

（見られた）

という思いよりも、

（面倒な……）

厄介事を抱えこんだ表情であった。

提灯に書かれた屋号は、深川に住む人間なら誰でもが知っている銘菓舗だった。

二

「おまえ、顔色が悪いじゃないか」

お糸《いと》は帰ってくるなり、父親の仙右衛門《せんえもん》にそう言われた。

今は夜の六つ半（七時）頃で、まだ宵の口を過ぎたばかりだったが、家の勝手口から物音をさせないで入ってくると、折悪しく板の間に仙右衛門が立っていたのだ。

「お、遅くなってしまって……」

仙右衛門に叱られるかと思い、もごもごと口籠《くちご》もるようにして、お糸が目を伏せたままで言った。

「何かあったのかね」

「ううん、何も」

たった今見てきたばかりのことを、父親に言うつもりはなかった。

人殺しを見たの——などと言うと、そんな怖ろしい出来事に遭遇するから、もう日が暮れてからの外出はいけないよと、仙右衛門に言われるに決まっているからだ。

大好きな紅白粉屋《べにおしろいや》の娘のお兼《かね》ちゃんと会えなくなるのは、何よりもつらい。お兼ちゃんは幼馴染《おさななじ》みで、昼のうちは店を手伝っているからなかなかお糸と会えないのだ。だからいつも会うのは日の暮れの一刻（二時間）ほどで、そこでぺちゃくちゃとお喋りをして帰ってくるのである。

仙右衛門は謹厳で実直な気性だから、日頃から誰彼なしに口喧《くちやか》ましく、特にひとり娘のお糸には行儀作法、女のたしなみに厳しかった。

「ご飯、まだなんだろう」

「うん、すぐ食べる」

おかずはと聞くと、仙右衛門が鮎《あゆ》の塩焼きだと言った。

それを聞いたお糸の嬉しそうな顔を見て、仙右衛門も目許を和《なご》ませ、「ゆっく

り お食べよ」と言って店の方へ去った。

店の広い土間では大鍋で大量の餡《あん》を煮ていて、その甘い匂いが漂っている。京風の高級菓子を作っている鹿子屋は、大名、旗本家や茶会からの引きが多く、深川では格式の高い銘菓舗として知られている。いや、それだけでなく、近頃では浅草、本所、向島《むこうじま》方面からも菓子屋が買いにきて、大いに繁昌しているのだ。

仙右衛門が初代で、永代橋門前仲町《えいたいばしもんぜんなかちょう》の一介の団子屋だったものが、京風の菓子を作り始めてこれが当たったのである。仙右衛門は江戸育ちで、京都にゆかりがあったわけではないが、その時は京都出の職人に京風菓子の伝授を受けたのだ。

お糸が幼い頃はまだ団子屋だったが、十歳を過ぎた時に、入船町《いりふねちょう》に立派な店と家を持つことができた。そこで鹿子屋という屋号も生まれた。

奉公人や職人も大勢置いて、お糸は大店《おおだな》のお嬢様ということなのだが、そんな思い上がりの気持ちはさらさらなかった。今でも団子屋の粗末な家で、親子三人が肩を寄せ合うようにして暮らしていた日々を、お糸は昨日のことのようになつかしむ気持ちがあった。

飯を食べ終えて居室へ戻ってくると、母親のお絹《きぬ》が箱膳に乗せた徳利を持ちこみ、勝手に酒を飲んでいた。

仙右衛門はまったくの下戸《げこ》だが、お絹は酒好きなのだ。

「お兼ちゃん、元気だったかえ」

目を細めて盃を口に運びながら、お絹が言った。

「あの子はいつだって元気よ。縁談を持ちこまれて困ってたわ」

「おや」

お絹はなぜか驚いたようで、大福餅のような白くて丸い顔をぽかんとさせた。年増《としま》なのに、まるで童女のような顔つきだ。

「相手はどんな人なの」

「木場人足の小頭なんだけど、断るつもりらしいわ。そのことで話しこんでたから、こんなに遅くなっちゃったの」

「どうして断るのさ。小頭なら実入りはいいだろうに」

「歳が二十六なのよ」

「お兼ちゃんはおまえとおなじ十六なんだから、十ぐらいの差はどうってことないじゃないか」

「あたしとおんなじで、お兼ちゃんはまだ人のおかみさんになるつもりはないんだって」

「おまえもそう思っているのかえ」

「そうよ。縁談なんてまっぴらだわ」

「困ったねえ」

お絹が思案投げ首になった。

「どうしてよ、おっ母さん」

「実はおまえにもいい話がきてるんだよ。相手の人ってのはね……」

お糸が耳を塞《ふさ》ぐ仕草《しぐさ》で、

「言わないで。聞く耳持たないわよ」

「それがお糸、店の格はそれほどでもないんだけど、材木問屋の若旦那なのさ。真面目でとってもいい人でね、その人が代を継いだらおまえと一緒に店を守り立てていくことだってできるんだ。先に楽しみがあっていいじゃないか」

「嫌よ。あたしはお見合いなんてしないわ。相手の人に失礼だから、はなっから断って頂戴」

お絹が恨めしいように、

「あたしがおまえを産んだのは十七の時だったんだよ」

「もっと遅くなるわね、あたしは」

「そんなこと言わないで、考え直しておくれな」

酒のせいか、お絹の話はしつっこい。

「その話はもうおしまい。おっ母さん、いい加減に自分の部屋で飲んでよ。あたしはもう寝たいんだから」

「おまえ、今日はやけにつんけんしてるようだけど、外で何かあったのかえ」

「何もないわよ」

それでお絹を追い出し、お糸は夜具を敷いて腹這いになると、行燈《あんどん》を引き寄せて読本《よみほん》を読み始めた。

だが目は一向に文字を追わなかった。

あの凄まじい殺戮《さつりく》が目の前によみがえり、ぶるっと震えがきた。

あの人殺しはどこの誰なのかしら。陰惨で暗い目をした男だった。あたしに見られたことがわかっても、何も言わず、追いかけてもこなかった。斬られた浪人は凶悪そうだったけど、斬ったあの人はそんな感じはしなかった。

でも人殺しなのだ。

どんな悪い相手にしろ、斬るのはよくないに決まっている。

お武家の世界のことはよくわからないが、お糸に言わせれば、ああいうことをするのは人でなし以外の何者でもないのだ。

あのことをおおっぴらに言い触らしたり、お上へ訴え出るつもりなどはないが、このままでは済まない気がした。

今度あの男に会ったら、自分が何をするかわからないと思った。

三

鎧月之介とはあくまで江戸における通称であり、本名は木暮《こぐれ》月之介といった。

彼は元は遠江国掛川藩《とおとうみのくにかけがわはん》五万石の、れっきとした藩士であった。そこで槍奉行と書物奉行《しょもつぶぎょう》の二つのお役を兼任し、将来を嘱望《しょくぼう》された気鋭の士であった。武官と文官の両方をこなしていたのだ。

その頃の月之介には新妻がいて、彼女の腹には子も宿っていた。

そんな人もうらやむ月之介の幸福は、だが一夜にして瓦解《がかい》した。

藩命を受け、公儀隠密の討伐を命ぜられたその日から、彼の運命は坂道を転がり落ちたのだ。

そして隠密たちに、腹の子もろとも妻を殺された。

どこまでも追いつめてその報復は果たせたものの、今度は藩から逆賊扱いをされるようになった。

掛川藩に隠密を送りこんだ公儀が、それらが月之介の手によって全滅させられるや、藩に脅しをかけてきた。表立っての抗議はできなかったが、討伐の刺客《しかく》となった木暮月之介という男を差し出せと申し入れてきたのだ。公儀の意地と面子《メンツ》であった。

大公儀が相手では、とても歯が立たなかった。

藩は保身に走り、月之介を逆賊として見放した。

その藩の身勝手と冷酷さに、月之介は憤怒して脱藩した。

そうして江戸に流れ着き、深川黒江町《くろえちょう》の町道場に転がりこんだ。

月之介は甲源一刀流《こうげんいっとうりゅう》の使い手だったから、同門の士を頼ったのである。ところがその道場主が不慮の死を遂げ、月之介はやむなくそこを住居と定めて暮らすようになった。

しかし無頼の浪人暮らしには違いなかったが、この男は武士としての矜持《きょうじ》を守って生きる男だった。また道場に住んではいても、看板を下ろし、門弟を取るつもりはなかった。そして気ままに、自由闊達《じゆうかったつ》に生きながら、時に世の不条理に立ち向かう身となった。あまねく世の不正を正し、破邪顕正《はじゃけんしょう》に生きる道を選んだのである。

ふだんの月之介は三日に一度、日本橋北新堀町《きたしんぼりちょう》の書物問屋出雲屋《いずもや》へ出かけて行き、そこで働いている。

仕事は店番や書林の整理などだが、暇な時は好きなだけ繙書《はんしょ》ができ、月之介は元々が書物奉行だっただけに、その仕事が気に入っていた。

気の置けない老夫婦がやっている店で、出雲屋は仏書、漢書、読本などの高尚な本を取り扱う書肆《しょし》なのだ。

その日も出雲屋で働き、夕の七つ（四時）に店を出た。

永代橋を渡り、深川へ向かう。

長さ百二十間余の大橋の上は日の暮れを迎え、往来の人で賑わっていた。

その時、月之介の前から、とことことお糸がやってきた。

お糸は月之介を見るや、一瞬立ち竦《すく》んだようになったが、やがて意を決して近づいて行った。その目が険しく尖っている。

そしてすれ違いざま、

「人殺し」
人に聞こえぬひそかな声で、月之介に浴びせたのだ。
月之介が立ち止まった時には、お糸はもう歩き去っていた。
「……」
気分が滅入った。
しかしお糸を追いかけ、あの晩のことを釈明する気は毛頭なかった。
大滝伝蔵は斬るに値する男と思ったから、成敗したのだ。おのれに恥じること
は何もなかった。
それにしても、
(厄介な小娘に見られたものだ)
鬱陶《うっとう》しい思い、ひとしおなのである。

四

その夜遅く、神坂乙三郎《こうさかおとさぶろう》の来訪があった。
神坂は南町奉行所吟味方《ぎんみがた》与力で、月之介は過日にさる人物から引き合わされ、
以来、二人は親しい仲となった。

しかし神坂は公儀の人間であるから、月之介の本意としては、心のどこかに一線を引いていた。

それは妻子を殺された月之介という男の、公儀に対するわだかまりであった。

月之介が道場の客間に使っている部屋へ、神坂を通す。

供の中間《ちゆうげん》は提灯の灯を消し、玄関先で神坂を待つことになった。

夜のおしのびらしく、神坂は着流し姿である。

それでもきちんと佩刀《はいとう》し、緋房《ひぶさ》の十手を腰に落としている。歳は月之介よりも上の三十前後で、神坂はえらの張った四角い蟹《かに》のような面相をしている。いかにも役人臭く、いかつい感じだが、その物腰はやわらかで思慮深い目をしていた。

つまりはそれなりに、神坂は与力らしき風格のある男なのである。

「大滝伝蔵の一件、お見事であった。改めて礼を申す」

神坂は律儀に頭を下げると、月之介へ金包みを差し出し、

「これは些少《さしよう》ではあるが、受け取って貰いたい」

月之介が無言で金包みを手にし、無造作になかを開いた。小判が一枚だ。

「命を的の人斬り代が金一両……有難く頂戴しよう」

皮肉な笑みで言って、金を受領した。

そんな金は役所から引き出せるわけがないから、神坂のふところ金と思われた。

大滝伝蔵は野州《やしゅう》浪人で、江戸へ流れてきて食いつめた末に凶状を働いた。上野山下の質屋を襲って店の者三人を斬り殺し、大金を奪って逃走した。板橋宿《いたばしじゅく》まで逃げたところで、南町の定町廻り同心に追いつめられ、そこで争いとなって同心と岡っ引きを斬った。捕方に囲まれて窮した大滝は、中仙道《なかせんどう》へ向かうこと叶《かな》わず、また御府内へ舞い戻った。

やがて大滝が深川の岡場所へ逃げこんだという情報をつかみ、そこで神坂は独自に決断した。

月之介に陰にて刺客依頼をしたのだ。

大滝は神道一心流《しんどういっしんりゅう》の使い手だったから、神坂としてはこれ以上役人に犠牲が出ることを防ぎたかったのだ。

大滝の罪状を聞き、月之介は黙って依頼を受けた。

そうして岡場所にいた大滝をあぶり出し、木場での斬り合いとなったのである。

「申すまでもないことだが……」

月之介がぼそっと口を切った。

「それがし、決して刺客稼業を生業《なりわい》としているわけではない」

「う、うむ、ようわかっている」

「このようなこと、一度きりにして頂きたいのだ」

「むろんだ。もう頼まん」

言うそばから、神坂はまた頼む顔になっている。

「後かたづけは済みましたかな」

「木場で大滝が死んだことなど誰も知らん。痕跡は跡形もなく消し去った。骸《むくろ》は回向院《えこういん》の無縁墓に葬《ほうむ》ることにした。これできれいさっぱりだ」

「それでよろしい」

だが月之介の眉が一瞬曇った。

「人殺し」

お糸の月之介に浴びせた声が、耳の奥で聞こえたような気がしたのだ。

神坂が月之介のその様子を訝《いぶか》って、

「何か」

「いや、何もない」

お糸のことは誰にも言わず、伏せるつもりでいた。

「実は、鎧殿」

神坂が口調を変え、月之介に改まった。

月之介は嫌な予感がした。

「またもや厄介なことが持ち上がったのだ」

「聞きたくありませんな」

それは本音だった。

「覆面《ふくめん》強盗なのだ」

神坂の言葉に、月之介の眉がぴくりと動いた。

「ふた月ほど前から二人組の強盗が市中に出没している。そ奴らは黒頭巾《くろずきん》で面体を隠し、黒の着流しに大刀の一本差しで、その正体は不明だ。それが町辻や橋の上などに忽然《こつぜん》と現れ、通りがかりの金のありそうな商人を襲うのだ。そして大金を略奪するや、無慈悲にも相手をその場で斬り殺して立ち去る。これまでに四人が犠牲になり、七十両ほどの金子《きんす》が奪われている」

「その賊をどうしろと」

神坂はぐっと息を呑むようにして、

「闇から闇に、葬りたい」

「またか……」

月之介が溜息を吐き、

「刺客依頼はたった今お断りしたはずだ」

「それが、そうは……無頼浪人であるのならわれらの方でなんとでもするが、生き残った見出人（目撃者）の証言では、身拵《みごしら》えのどこかに直参者の臭いがすると」

「いずこかの役人ということか」

「左様。もしそれが事実なら、お上の膝元が揺らぐ。どこの役人であるにしろ、これほどの不祥事《ふしょうじ》はない。とても表で裁くことができず、ゆえに闇から闇へ……」

「おれは御公儀に怨みのある人間だ」

「な、なんと」

神坂が目を剝いた。

だが月之介はそれ以上何も言わない。

「その昔に何があったのか、この機会だ、打ち明けてくれぬか、鎧殿」

神坂が迫るようにして言うが、月之介は静かにかぶりをふって、

「それはご容赦願いたいな。事情は明かせぬが、おれはその昔に御公儀からむごい仕打ちを受けている。それがあって、何ゆえここで御公儀を助けねばならんのか」

「い、いや、それはわしには与《あずか》り知らぬことだが……」

「この件はお断りしよう」

「鎧殿、そこをなんとか」

神坂が膝をつめた。

だが月之介は取りつく島のない冷やかな声で、

「夜道に気をつけてお帰りあれ」

そう言い捨て、席を立った。

神坂は途方にくれている。

五

お糸はすでに、月之介の黒江町の住居を突きとめていた。

永代橋で出くわした時、立ち去ると見せかけて引き返し、人混みに紛れながら

恐る恐る月之介を尾行したのだ。

それが昨日のことで、今日になってどうしても月之介のことがまた気になりだし、入船町から黒江町までやってきた。

あの男がこんな門構えの立派な道場に住んでいることには、意外な思いがした。

だが道場といってもかなりのおんぼろで、修繕しなくてはいけない箇所が幾つもあることは、大工でもない素人《しろうと》のお糸の目にもわかった。

（それにしてもこんな所に住んで、なんて図々しい奴なの）

人でなしのくせに許せない、と思った。

玄関に鼻を突っこみ、油断なくなかの様子を探っていると、後ろから伸びた十手がぽんぽんとお糸の肩を叩いた。

お糸がびっくりしてふり返る。

そこに立っていたのは、お糸より五つ、六つ歳上と思われる娘岡っ引きのお鶴《つる》であった。

「あんた、怪しいわね。ここで何してるの」

お鶴は咎《とが》める口調だ。

娘島田《むすめしまだ》の髷《まげ》も初々しく、鼻筋の通った瓜実顔《うりざねがお》に切れ長の目許は涼やかで、眉を剃《そ》って、眉墨で吊り上がり気味に描いている。そしていろは小紋の小袖を、江戸前風に小粋に着こなし、お鶴は垢抜けた風情である。

「な、何もしてません」

お糸が狼狽《ろうばい》し、逃げるように立ち去ろうとした。

お鶴はすかさずお糸の袖をつかみ、

「鎧様に御用なんでしょ？」

「鎧様というんですか、こちらは」

「ええ、鎧月之介様。ちなみにあたしは北川町の鶴よ。お父っつぁんの代を継いで十手捕縄を預かってるの」

「そうですか。それじゃ」

素っ気なく言って行きかかるお糸を、尚もお鶴は止めて、

「待って、あんたの素性を聞かせて」

「あたしは何も悪いことは」

「待ちなさいと言ってるでしょ」

「放して下さい」

そこで二人が揉み合った。

騒ぎを聞きつけた月之介が奥から現れ、お糸の姿に目を開くと、

「これはどうしたことだ」

式台の前からお糸に問うた。

お糸は緊張して身を硬くし、心の臓が早鐘《はやがね》のように鳴って、月之介と目が合わせられない。

「お鶴、放してやれ」

「いいんですか、鎧様」

お鶴が不服そうに言う。

「その娘の素性はわかっている。おまえは入船町の鹿子屋の娘であろう」

お糸がきっと月之介を見て、

「あたしのことを調べたんですか」

「そういうわけではない。おまえはあの時、鹿子屋の提灯を持っていた。それにその身装《みなり》は女中のものではなく、絹を着ているから娘のものだ。それくらいの察しは誰もがつこう」

お糸は月之介を睨むようにして、

「平気なんですか、あんなことをして」

月之介はそれには答えず、苦笑を浮かべながら、まあ上がれと言った。

するとお糸は後ずさって、

「結構です」

そう言って尻ごみするお糸の背を、お鶴がとんと押した。

客間に通されて月之介と向き合うと、お糸は不安の海に溺れる子鳩《こばと》のようになり、みるみる落ち着きを失った。

お鶴はどこへ行ったのか、姿を消してしまった。

月之介が抑揚のない口調で、

「おまえがその目で見た通り、おれは人斬りをした。斬るにはそれなりのわけがあったのだが、そんなことをおまえに釈明するつもりはない。このおれを無慈悲な悪人と思うのなら、それはそれでよい。騒ぎ立て、訴え出ると言うのなら止めんぞ。好きに致せ」

そこで言葉を切り、月之介はお糸に見入ると、

「しかしそのことでおれにつきまとうのはやめろ。迷惑なのだ」

「人一人、死んでるんですよ」

「それがどうした」

「なんとも思わないんですか」

「思わんな」

お糸が怒りの目になって、

「呆れてものが言えませんね」

「なんとでも言うがよい」

「どうしてそうなんですか。開き直ってるんですか。罪を犯しておきながら、悪びれないんですか」

「おまえは世間が狭い」

「なんですって」

「人は時に、あえて鬼にもなる。浮世で犯した罪業は、あの世へ行っていくえにも詫びるつもりでいる」

「そんな……よくもそんなことが……あたしは許しませんからね」

「許しを乞うつもりもないぞ」

「さっきの御用聞きの娘さんはなんですか。人斬りのことを知ってるんですか。

わかったわ、十手持ちとぐるになってるんですね」

「話はこれまでだ」

「……」

「さっさと帰れ」

月之介にはねつけられ、お糸はまだ何か言いたそうにしていたが、やがて席を蹴って出て行った。

すると隣室が開き、お鶴が入ってきた。

「見られたんですね、あの娘に」

月之介が苦々しく首肯《しゅこう》し、

「何から何までな。大滝伝蔵に留めを刺したところで、見られていることに気づいた。不覚であった」

大滝伝蔵の一件には、お鶴は最初から関わっていた。岡場所に潜伏している大滝を見つけ出したのは、ほかならぬお鶴の手柄なのである。

お鶴の父親は名岡っ引きであったが、去年の春に卒中で倒れ、躰の自由が利かなくなった。それで十手返上を願い出た。

神坂乙三郎は一旦はその十手を納めはしたものの、父親の功績を惜しみ、娘のお鶴に改めて十手を託したのだ。

そして神坂は月之介にお鶴を引き合わせ、彼女の後見人になることを頼んだ。

初めは固辞していた月之介だったが、お鶴の容貌に亡妻の面影を見るに及び、断れなくなった。そういうところが、月之介の弱みなのである。

それ以来、お鶴は月之介の手下のようになって働いている。彼女は心の底から月之介を敬い、慕っていた。

駆け出しの娘岡っ引きではあるが、お鶴は純で一途《いちず》だから、複雑怪奇なこの世に無理を承知で正義というものを貫こうとしている。そういう娘なのである。

「困りましたねえ、あの娘に騒ぎ立てられたらどうしましょう」

「おれは一向に構わん。しかし道で会うと、あの娘はおれに人殺し、と浴びせるのだ」

お鶴が憤然となって、

「んまあ……だったら口封じをしないと」

「ふん、そうも参るまい。あの娘はおまえとおなじで、一途なだけだ」

「いいえ、あたしの方が大人ですよ。清濁併せ呑めますから」

「それはどうかな」

「なんですか、そのおっしゃり方は」

「まあいい。それより今日は何用だ」

「それなんです」

お鶴が真顔になって膝行《しっこう》し、

「ゆんべ両国広小路の裏通りで、日本橋の足袋問屋《たびどんや》の旦那が斬り殺されたんです」

「物取りか」

「ふところから胴巻《どうまき》がごっそり抜き取られてまして、あとで店の人から聞いたところによると、旦那は三十両ほどを持っていたはずだというんです。お大名家からの集金の帰りだったそうです」

「下手人《げしゅにん》は」

「見ていた人が言うには、賊は二人組で、黒頭巾に黒の着流し、大刀の一本差しだったとか」

「……」

「鎧様はご存知ないと思いますけど、その二人組はこれまでにも凶状を重ねていて、四人もの人が斬られてますから、ゆんべの件で五人目ということに。取られた金子もこれで百両になります」

「それは神坂殿から聞かされた」

「神坂様はなんと？」

「手助けを頼まれたが断った」

「どうしてですか」

「お上の手先を務めるのはご免なのだ」

「でも放っとけないじゃありませんか。下手人を捕まえない限り、また別の死人が。それでもいいんですか」

「夜道を歩かぬよう、触れでも出すのだな。おれは知らん」

ぴしゃりと言ってのけ、月之介はそれきり口を噤《つぐ》んだ。

（んもう、へそ曲がりなんだから）

お鶴が胸の内でぼやいた。

六

急な呼び出しで、深川三十三間堂町の料亭若菜《わかな》へやってくると、女将《おかみ》のお勇《ゆう》が早速帳場のある部屋へ猫千代《ねこちよ》をひっぱりこんだ。

「すまないねえ、猫千代さん」

お勇が手を合わせて言うと、猫千代は鷹揚《おうよう》な仕草で扇子《せんす》を横にふって、

「何をおっしゃいますか、金時《きんとき》さん」

「え？」

「あ、いや、女将さん、この世は持ちつ持たれつ、困った時はおたがい様じゃござんせんか」

猫千代は二十半ばで、深川一帯を金魚のようにして泳いでいる太鼓持《たいこも》ちである。まん丸いお盆によく似た顔の輪郭に、まるで絵に描いたような目鼻がつき、戯画的な面相をしている。

太鼓持ちというものは、いってみれば遊里の水先案内人のようなもので、別に幇間《ほうかん》、男芸者とも称せられている。それでお座敷に呼ばれて客と芸者の間を取り持ち、珍妙な話芸を聞かせたり、また遊芸をやっては座を盛り上げる役割だ。

お勇の方は三十過ぎで、若菜をひとりで切り盛りしている。亭主とは死別しており、子はいない。やや小肥りの体軀に、坂田《さかた》の金時を女にしたような勝ち気そのものの顔をしている。気性は単純そのもので、お勇は裏表のない善女なのである。

「して女将さん、急なお客さんてのはどこのどなたさんで」

猫千代が問うた。

「それがね、お二人とも初めての人たちなんだけど、お上のお役人様方なんだよ」

「はて、どういう筋なのかしら」

猫千代は時にこうして女言葉を使う。それが小肥りのなよっとした風姿によく合っている。

「えーと、目付方のなんとか目付って言ってたわね」

猫千代が失笑して、

「あはは、なんとか目付じゃわからないじゃありませんか」

「ともかく若いのに太っ腹で、あたしに財布ごとぽんと預けて、芸者衆と太鼓持ちを呼んで貰えないかって言ったのよ。まあ、そのお財布のずっしり重いことったら。あたしゃ惚れぼれしちまったねえ」

芸者衆の方は手筈《てはず》がついて、五人が梅の間で相手をしているが、太鼓持ちがつかまらないので困り果て、それで猫千代に白羽の矢を立てたのだと言う。

猫千代が委細を承知し、座敷へ赴《おもむ》いた。

上座では成瀬旗二郎《なるせはたじろう》と疋田増蔵《ひきたますぞう》が居並び、芸者五人を侍《はべ》らせて酒宴を張っていた。

成瀬と疋田は黒無紋の袷羽織《あわせばおり》に、黒の着流し姿である。

猫千代はひと目見て、二人を野暮な小役人風情と踏んだから、長居をするつもりはなくなり、挨拶をしたあとに型通りの幇間芸を見せることにした。

型通りの幇間芸とは、太鼓持ちなら誰でもがやる唄や踊りのことで、それはそれで猫千代は心得てはいる。しかし彼が太鼓持ちとして異色なのは、ここぞという客の前で演ずる奇妙な寸劇にあるのである。

それは狸《たぬき》の夫婦喧嘩や、河童《かっぱ》のお産や狐《きつね》の嫁入りなどの擬人芸、はたまた顔を白塗りにして馬鹿殿様に扮してみたり、それらになりきって猫千代が演ずると、座敷は抱腹絶倒の渦《うず》に包まれるのだ。

その夜は新内節《しんないぶし》を語りながら、猫千代は傘を使って一人二役で切ない男女の逢瀬を演じてみせた。

成瀬と疋田は共に二十の半ばか、まだ若いから猫千代の芸などろくに見もせず、芸者たちと悪ふざけばかりしている。

太鼓持ちをわざわざ呼んでおいてそれはないと思うが、要するに彼らは幇間などは単なる賑やかしとしか考えていないようだ。

成瀬は痩せて尖った顔をしており、疋田はずんぐりむっくりの体型だ。しかしどちらも武芸で鍛えた頑強そうな筋骨をしていた。

（こん畜生、あたしの芸のわからない小役人どもめ。地獄へ堕《お》ちろ）

猫千代が胸の内で悪態をつき、早々に芸をやめてお暇《いとま》をしようとした。

そこへ一人の武士が、突如押しかけるようにして座敷へ入ってきた。

その武士の名は、座光寺玄蕃《ざこうじげんば》である。

役裃《やくがみしも》姿だから、座光寺は彼らの上役と思われた。歳も三十過ぎで、押し出しの立派な男だ。

座光寺の闖入《ちんにゅう》に、成瀬と疋田が色を失い、明らかに烈しく狼狽を浮かべた。

「こ、これは……」

成瀬が口籠もって言い、疋田と共にその場に平伏する。

猫千代も芸者衆も、慌てて身を引いた。

「ああ、よいよい、このような所で折り目を正すな。それはちと野暮というものよ」

座光寺はそう言って、二人の間にどっかと座ると、

「奇遇だな。わしもここでご同役方と飲んでいたところだ。それで女中からその方らのことを耳にし、こうして参ったというわけだ」

「はっ、左様でございますか。分不相応なところを見られてしまいまして、恐縮でございます」

成瀬が言えば、疋田もおどおどとして、

「で、ではわれらはこれにて……明日のお役に差し支えますので」

「何を申す。このわしの顔を見たとたんに身をひるがえすのか」

「い、いえ、そういうわけでは……」

疋田が怯えを見せて言う。

「ご同役方と飲むより、その方らの方がずっと酒がうまそうだ。相手を致せ。今宵はとっくりと飲もうではないか」

成瀬と疋田が同時に、「はっ」と答えた。

だが一瞬、二人が何やら含んだ目を交わし合ったのを、猫千代は見逃さなかった。

（こいつら、どうも変だな……）

その時、猫千代はそういう不審を感じた。それから座光寺は、芸者衆をじろりと見廻して、

「おまえたちは退ってよいぞ。ここは男だけで飲むことにする」

芸者衆が礼を述べて一斉に席を立ったので、猫千代は手をひらひらとやって送り、

「お疲れさん」

と言った。

するると座光寺が、

「おい、幇間、おまえもいらんのだ」

傲岸《ごうがん》な口調で猫千代に言った。

「え、だって男だけで飲むとおっしゃったんで、あたくしも男の端くれでござんすから、いなくちゃいけないのかなと……」

「いらん。去れ」

「あ、さいで」

猫千代はむっとしながらも、満面の笑みで暇を告げた。

七

「それで、どうした」

月之介がそぼろ助広の手入れをしながら、猫千代に問うた。

道場の、月之介の居室である。

「へえ、それからあたくしがお座敷を出ますと、その後はひっそりとして話し声はまるっきりしなくなりました。いったいどこの役人かと若菜の仲居や女中たちに聞いて廻ったんですけど、皆目見当もつきません」

月之介は懐紙で刀身の埃を拭き取り、丁子油、打粉《うちこ》を使って手入れをしている。刀身に油を塗布し、除去する。そのくり返しだ。刀身の手入れの目的は防錆《ぼうせい》だから、たとえ白刃に一点の曇りもあってはならないのだ。

「二人組の宴に、つまり上役らしき男が強引に割りこんだ。そういうことだな」

「さいで。先のお二人さんは大層迷惑な感じでしたよ。ところがここにひとつ妙なことがござんして……」

月之介は黙って手入れをつづけている。

「その上役はおなじ若菜でご同役と飲んでたと言ったんですが、あとで女将に聞きましたら、そんな宴席はほかになかったと言うんです。それじゃ上役はどこからきたのかと、あたくしはわけがわからなくなりました」

「……確かに妙だな」

「妙なことはほかにも」

「ふむ」

「二人組の小役人が、女将に預けた財布ってのが問題でして。ずっしり重くって、三十両ぐらいはあったんじゃないかという話なんですよ。小役人風情がどうしてそんな大金を持っていて、散財ができるのか。不思議だと思いませんか、月の旦那」

「世の常として考えれば、それは悪銭であろうな。だから惜しげもなく使えるのだ。おのれの扶持《ふち》を遊興に当てる愚か者はおるまい」

「だからゆんべのお二人さんのことが、やけに気になるんです。上役に頭を下げておきながら、わからないように目配せしていたり。その上役ってのもひっかかりますけどね、威張りくさった嫌な奴でしたよ」

「それで、おまえはどうするつもりだ」

猫千代がにんまりして、

「どうもこうも、もう動いておりますよ。八方手を尽くしてゆんべの三人を割り出そうとしております。若菜にきたってことは、ほかにも立ち寄ってるかもしれませんからね、そこで身分なり名前なりがわかればこっちのものです」

月之介が苦笑を浮かべ、

「こっちのものにして、どうするのだ」

「そうなるってえと、お待たせしました、旦那の出番です」

「おれに罪を暴かせるのか」

「これまでにもあたしと旦那とで、いろいろと悪い奴の罪を暴いてきました。これはあたくしたちの使命なんです」

「笑わせるな」

猫千代が真顔になって、

「旦那、まさか宗旨替えなすったんじゃないんでしょうね」

「そんなことはないが、あやふやな話にふり廻されるほど暇ではない」

「ですからあたくしが奴らの怪しい証拠をつかんできますから、そうしたら考えて下さいましな」

月之介が何も言わないのを、猫千代は勝手に解釈して、

「よし、これで話は決まった。決まったところでどうですか、旦那」

「なんだ」

「あたくし、朝から何も食ってないんです」

「惣菜《そうざい》は揃っているぞ」

神坂乙三郎やお鶴が折につけ食物を運んでくるので、この家に食糧の絶えた日はなかった。

猫千代がいそいそと襷《たすき》がけになり、まるで女房がそうするように、台所で飯の支度に取りかかった。

やがて焼き魚の煙と匂いが漂ってきた。

このようにして、月之介と猫千代は気心の知れた深い仲なのである。

猫千代には、黒江町の隣りの蛤町《はまぐりちょう》にれっきとした住居があるのだが、彼はしょっちゅう月之介の道場に出入りをしている。ほとんど寄食している状態で、食べるだけでなく、寝ていくこともある。

そんな猫千代の厚かましさを、月之介は許している。二人の間には、あうんの呼吸とでもいうものができているのだ。

八

お糸の見合いは、日本橋北の堺町《さかいちょう》にある中村座で行われた。

中村座は江戸三座のひとつで、市村座、河原崎座共々、鎬《しのぎ》を削っている。

堺町は隣接した葺屋町《ふきやちょう》共々、大芝居、小芝居の小屋がひしめく一大盛り場で、両町の総坪数は三千五百九十二坪である。

お糸、仙右衛門、お絹が早めに中村座の上桟敷に着くと、それから間もなくして木曾屋太左衛門《きそやたざえもん》、福松《ふくまつ》親子もやってきた。

そこでお糸は、もう一人同行の世話役に木曾屋親子を引き合わされた。

世話役は、深川入船町の名主である。

お糸は恥ずかしくて、その時はまともに福松の顔を拝めなかった。

そのうち中村勘三郎《なかむらかんざぶろう》の「義経千本桜《よしつねせんぼんざくら》」が始まったが、芝居の動きよりも浄《じょう》瑠《る》璃《り》を聞いているうちに眠くなり、こくりこくりと舟を漕いで、お糸は何度も仙右衛門に腿をつねられた。

やがて中飯（昼食）となり、一同は小屋を出て芝居茶屋へ移動した。

この頃の堺町は大茶屋十九軒、小茶屋十五軒、水茶屋二十八軒である。

そのどれもが飲食を供し、なかには食通をうならせるような店まであって、隆盛を誇っている。また客によっては芸者衆を呼ぶ者もいるから、昼間から華やかだ。

世話役の案内で「丸茂」という上級の茶屋へ上がり、庭に面した最上級の部屋へ落ち着いた。

両家が大卓を挟んで向き合い、そこでお糸は初めてのように福松を見て、思わずぽうっとなった。心の臓が早鐘のように鳴るのを覚えた。この見合いに乗り気でなかったことなど、都合よく忘れてしまった。

福松はお糸より五つ、六つ上だが、しっかり者らしく、また町人らしからぬ凜《り》々《り》しい面立ちで、細面《ほそおもて》のいい男なのだ。生真面目そうなその表情は、仕事に真剣に取り組んでいる者特有の、引き締まったものがあった。

その福松が口を切った。

「わたくしはこう見えても甘いものに目がない方でしてね、鹿子屋さんの菓子もむろん昔から食べております。京風のあの味がなんとも言えず上品で、口のなかでとろけるようだから贔屓《ひいき》にしてるんです。だから最初にお糸さんをそこのお嬢さんと聞いて、ああなんてうらやましいんだろうって、そう思いましたよ」

弁舌爽《べんぜつさわ》やかな福松に、お糸もついつられたように、

「あのう、ええと……菓子屋の娘が毎日菓子を食べてるとは限りませんよ。あたしはたまにしか食べません。うちのおっ母さんなんぞは、甘いものより辛党の方でして、日が暮れたらすぐにお酒なんです」

お糸は自分でも何を言っているのかわからなくなっていた。

お絹が慌てて、

「まあ、お糸、こんな席でなんてことを。親の恥をさらけ出さないどくれな」

すると小肥りの太左衛門が鷹揚な笑みで、

「いいじゃございませんか、お内儀様。あたしも暗くなったら酒、と決めておりますよ」

「それはようござんした。何せうちの人が飲まないものですから、あたしは気が引けてならなかったんです」

仙右衛門も穏やかに目許を和ませ、

「ところがそうでもないんだよ、お絹。あたしも近頃は寄合なんぞで少しは飲めるようになったんだ。そうなると、酒ってのはいいねえ」

「おや、それは初耳ですね。じゃ今度一緒にやりましょうか」

　お絹の言葉に、ぱっと笑いが出て、

「ご夫婦で今度一緒には、なんだか変じゃありませんか」

　世話役が言うと、太左衛門と福松がまた笑った。

　座がすっかり楽しいものになり、いつも苦虫を嚙みつぶしたような顔の仙右衛門まで朗《ほが》らかになってきて、

「いやいや、まだおまえと飲み比べができるほどじゃないよ。もう少し修業を積むから待っていなさい」

「うふふ、楽しみが増えましたね」

　お絹が大福餅に似た顔の目尻を下げた。

　そこへ鮨《すし》や幕の内弁当が女中たちによって運ばれてきて、座が一層浮き立った。

「お糸さん、おなじ深川同士でよかったですね」

　福松が箸を使いながら言うから、お糸はどうしてという顔になり、

「確かに入船町と木場は目と鼻ですけど、それが何か」

「だって会いたくなったら、すぐ会えるじゃないですか」

「……」

お糸は何も言えず、顔を赤くしてうつむいた。

鎧月之介に向かい、

「人殺し」

と浴びせたおなじ少女とは、とても思えなかった。

九

その夜の五つ（八時）頃、お絹はまた酒の膳をお糸の部屋に持ちこみ、お糸を相手に飲んで喋《しゃべ》っていた。

仙右衛門は堺町から家族と共に一旦深川へ戻ったのだが、その日は茶会に招かれていたので、夕方再び出かけて行った。

行く先は深川寺町にある恵然寺で、そこはいつも茶会に鹿子屋の菓子を註文してくれる上得意である。

「うちの人が少しでもお酒を飲めるようになっていたなんて、驚きだったねえ。おまえ、知っていたかえ」

お糸がくすくすと笑いながら、

「うん、実はね、三月ばかり前にお父っつぁんから聞かされていたの」

「それをおまえ、どうしてあたしに黙ってたのさ」

「だってお父っつぁんに口止めされてたから仕方ないわよ。お父っつぁん、おっ母さんをびっくりさせてやるんだって言ってたわ」

「ふうん、そうやっていつもないがしろにされてさ、あたしゃいい面の皮だよ。本当にうちの人とおまえは仲がいいんだから」

「そんなつもりはないのよ、おっ母さん。お父っつぁんはいつかおっ母さんと一緒にお酒が飲みたいって、昔から言ってたわ。だから飲めるようになるまで励んだのよ」

「そうだね、確かにあの人はそういう人だ。おれは一介の団子屋じゃ終わらないぞって、歯ぎしりするくらい頑張っていた。そうしたら本当に鹿子屋を興したんだからね、大したものさ、まったく」

「あたしもよく憶えてるわ。あの頃のお父っつぁんはそんなふうだったから、子供のあたしなんかほとんど構ってくれなかったけど、たまに休みができると、あたしをおぶっていろんな所へ連れてってくれた。あたしはあの時分が今でもなつかしくって、夢にまで出てくるわよ」

「あたしは団子に潰されそうになった夢を見たよ。だから鹿子屋になってから、団子は口にしてないわね」

「おっ母さんも極端だわ。最初の団子屋があったから、今の鹿子屋があるのよ。団子大明神を作ってもいいくらいだわ」

お絹がぐびりと酒を干し、不意に話題を変えて、

「ところでおまえ、どうなのさ、木曾屋の若旦那は」

「嫌だ、聞かないでよ」

お糸が赤くなってうつむいた。

「どうしてさ、気に入らないのかえ」

「その反対よ」

やはりお糸は下を向いたままだ。

お絹がぱっと喜色して、

「そ、それじゃおまえ、いいんだね」

「うん、先様がなんて言うか知らないけど、あたしは福松さんはとってもいい人だと思うわ」

お絹が浮きうきしてきて、

「なんだか楽しくなってきちまったよ。だって別れしなに、福松さんがあたしに

ちょいと耳うちしたんだよ」

「えっ、なんて言ったの、おっ母さん。早く聞かせてよ」

「まあまあ、落ち着いて。もう一本つけてくるからね」

膳ごと持ってお絹が出て行くのへ、

「お父っつぁん、遅くなるのかしら」

お糸が言った。

「大丈夫だよ。恵然寺ならそんなに遠くないんだから」

廊下の向こうから、お絹の弾んだ声が返ってきた。

「本当に、大丈夫かしら……」

お糸がぽつねんとつぶやいた。

さっきから妙な胸騒ぎがしてならないのである。

十

恵然寺を出た鹿子屋仙右衛門は、仙台堀《せんだいぼり》に沿って暗い夜道を歩いていた。足許を照らす提灯の先の草むらでは、秋の虫が賑やかに集《すだ》いている。

月も星もない夜で、辺りはどこまでも漆黒の闇である。

その時、前方から黒い影が二つ、ゆらりと姿を現した。

それがまっすぐにこっちへ近づいてくる。

道を避けねばと思いながら、仙右衛門は何気なしに二つの影を見て、ぎょっとなった。

二人とも黒頭巾に黒の着流し、大刀の一本差しの武士だ。異様な雰囲気が漂っている。

嫌な予感がした。

道幅が狭く、といって引き返すにはとても無理で、先にある亀久橋《かめひさばし》までなんとか辿《たど》り着こうと思った。そこならすれ違える。切り抜けられる。

仙右衛門が思ったのは武士に難癖をつけられることで、そういうことはこうした夜道では多々あることなのだ。他の商人からも、武士に言いがかりをつけられた話は聞いたことがあった。

仙右衛門のふところには、恵然寺で集金した十五両ほどの金が納まっていた。茶会のあとで住職から渡されたものだ。

亀久橋へ着く前に、武士たちがさらに近づいてきた。歩を速めたように思える。

仙右衛門はやむなく腰を低くし、顔をうつむかせるようにしてすれ違おうとした。

だがその行く手を、二人が阻《はば》んだ。

仙右衛門が困惑の顔を上げた。

二人は成瀬旗二郎と疋田増蔵で、頭巾のなかの目が凶暴に光っている。

仙右衛門が危険を察知し、後ずさった。

これは難癖どころではない。命が危ないかもしれない。こんな所でそんな目に遭ってたまるものか。お糸、お絹の顔が次々に瞼《まぶた》に浮かんだ。まだ死ぬわけにはいかない。死ぬのなら、せめてお糸の幸せを見定めてからにしたい。

成瀬と疋田がものも言わずに抜刀した。

「おやめ下さい、金子ならここに」

仙右衛門は十五両の入った財布をふところからひっぱり出し、二人へ投げつけるようにすると、提灯を放って身をひるがえした。

二匹の狂犬が猛然と追ってくる。

こけつまろびつ逃げる仙右衛門の背に、焼け火箸のような熱さが走った。

「あぁっ」

背中を斬られたと思ったとたん、次には白刃が突かれ、胸から突き出た。

「……」

お糸の面影を目に浮かべながら、仙右衛門はあえなくその場に頽《くずお》れ、無念の目を閉じた。

堀に落ちて濡れた提灯も、同時に灯が消えた。

十一

そして翌日のことである。

月之介が出雲屋から帰ってくると、猫千代が玄関の前で落ち着かぬ風情で待っていた。

「旦那、遅かったじゃないですか」

日の暮れはすでに始まっていた。

「出雲屋で飯を出されてな、それでよもやま話をしていた。初さんまがうまかったぞ」

「あ、さいで。それはいいんですけどね、侍たちの身分がわかったんですよ」

月之介が上がって行き、それに猫千代も金魚のくそのようについてきて、二人

して居室で向き合うや、

「若菜の女将が言っていた目付方のなんとか目付ってのは、御小人《おこびと》目付のことだったんです」

「御小人か……」

月之介がつぶやく。

御目付は旗本、御家人を監察糾弾するお役で、支配下の徒《かち》目付、御小人目付を動員して事に当たる。

目付方の職域は広範に及び、礼式、規則の監察、用部屋から廻ってくる願書、伺書、建議書の意見具申を、将軍や老中に申し立てることができる。

また殿中を巡視して諸役小役人の勤怠を見廻り、御勝手方、上水、道方、芸術掛、御日記方、御乳母掛、浜見廻りなどにも目を配るお役だ。

さらに御小人目付は、町奉行所、牢屋敷見廻り、勘定所、養生所、また異変の立ち合いなどを行う。諸大名の城郭営繕の願い出があれば、隠密旅をして彼《か》の地へ赴き、調査をする。

御目付は十六人、徒目付は組頭も含めて六十人、そして御小人目付は百二十八人が定員である。

猫千代が得意げな顔になって、

「どうやってわかったと思いますか。あたくしの思惑通り、二人組は山本町の柊屋《ひいらぎや》にも上がってたんですよ」

柊屋とは、若菜と同格の高級料亭だ。

「そこの女中が二人の話を耳にしてまして、そのなかにわれら御小人は、という名前が出てきたと言うんです」

そこで猫千代は言葉を切り、ふところから書きつけたものを取り出すと、

「二人の御小人の名前は成瀬旗二郎、疋田増蔵といいます。こいつはいろいろ聞いて廻ってるうちに、顔見知りの旗本家の中間と出くわしましてね、これこれこういうことを調べてると言いましたら、その中間は二人のことを知ってまして、すんなり名前がわかったんです。以前にご主君が、成瀬と疋田の二人に痛くもない腹を探られたことがあったそうなんです。二人は人の落ち度を見つけ出す名人だそうでして、場合によってはゆすりまがいのこともやりかねないという話です」

「その二人が御小人なら、若菜で押しかけてきた上役というのは、恐らく徒目付であろうな」

「なるほど」

「しかし猫千代、そこまで調べてもおれの心は動かんぞ」

「えっ、だって十分に怪しいじゃありませんか」

「だからどうだと言うのだ。御小人目付がゆすりをやろうが何をしようが、おれの知ったことではない」

「そ、そんな殺生な……」

そこへ玄関の方が騒がしくなり、「鎧殿はおられるか」と声あって、神坂乙三郎がずかずかと上がってきた。

神坂の後から、お鶴もしずしずとしたがっている。

猫千代が慌てて席を譲ると、神坂はそこへ座り、

「鎧殿、またもや覆面強盗が出没したのだ」

月之介が無言で話の先をうながす。

「昨夜、仙台堀で商人が斬殺された。見出人はいなかったが、手口から何から、二人組の覆面強盗に間違いはない。家の者の話では十五両がとこ、取られているということだ」

するとお鶴が表情を引き締め、つっと膝を進めて、

「鎧様、その商人というのは鹿子屋の亭主なんです。つまりお糸というあの娘の父親でした」

「……」

月之介の形相が一変した。

「鎧殿、これでは死人の山が増えるばかりではないか。貴殿とて平気でいられるはずはあるまい。ああっ、頭が痛い、割れそうだ」

神坂が懊悩《おうのう》した。

「猫千代」

月之介がそぼろ助広を引き寄せて言った。

「へ、へい……」

「ようやく心が動いたぞ」

十二

とむらいや野辺送《のべおく》りが済んでも、入船町の鹿子屋は店を閉じたままだった。

店からは餡を煮る甘い匂いがしなくなり、人の出入りも絶えて、奉公人たちは息をひそめて暮らしているようだ。

お糸はもう二日も飲まず食わずで、父親を失った大きな喪失感にうちのめされていた。それでいて寝こむわけでもなく、居室で柱を背に一日中座っているだけだ。空ろな目の焦点は定まらず、茫然として自失し、もはや正気ではないようにも見えた。おまけに顔色は白くかさつき、唇は死人のように生気がなかった。

「かごめ　かごめ　籠《かご》のなかの鳥は……」

突然、お糸の口からわらべ唄が口をついて出た。

幼い頃、仙右衛門が背なのお糸によく唄ってくれたそれを思い出していた。

その頃からお父っつぁんはいつも元気で、やる気満々の人だった。一介の団子屋から身を興し、鹿子屋を大店にするまでは並大抵の苦労ではなかったと思うが、そういう苦い話や愚痴を、娘に聞かせるような男ではなかった。

お糸への躾《しつけ》は厳しかったが、いつも情愛に溢れていたから、お糸は仙右衛門に逆らったことは一度もなかった。それはよくできた父親だったのだ。

仙右衛門の命を無慈悲に奪った相手が憎かった。殺しても飽き足りないと思っていた。

（あたしも死んでしまおう……）

この二日間、何度もその考えが首をもたげた。首吊りの紐《ひも》や剃刀《かみそり》を用意したが、いざとなると震えがきて果たせなかった。

幾たび泣いたか知れず、泪《なみだ》はもう涸《か》れてしまった。魂の抜け殻がここにあるだけなのだ。

ぺたっ、ぺたっと素足で廊下を踏む音が聞こえ、蹌踉《そうろう》とした足取りでお絹が部屋へ入ってきた。髷など整えもせず、鬢《びん》は乱れ落ちていた。

お絹もまたお糸とおなじで、幽明をさまよう死者のように不確かに生きていた。その虚脱したままの状態で、朝から酒浸りだった。

またそれを止める者は、誰もいないのだ。

「お糸や……」

呼びかけ、ふわっとお糸の前に座ると、酒臭い息を手で払いながら、

「鎧月之介様って人、知ってるかえ」

「……」

どこかで聞いた名だが、お糸は思い出せない。どこの誰にも関心はなく、すべての物事はどうでもいいと思っていた。木曾屋福松のことさえ、忘れていた。

「その人がね、きてるんだよ」

「あたしに？」

「うん、おまえと話したいって」

「断ってよ」

「だって折角訪ねてきてるんだよ。しかもれっきとしたお武家様なんだ。そう無下には断れないじゃないか」

「嫌よ、誰にも会いたくない」

「困ったねえ……」

「おっ母さん、どうしたらいいの」

「えっ」

「あたし、このままじゃ死んでしまう。ううん、死んでもいいの。お父っつぁんがいなくなったんだから、もう生きていても詮《いさぎよ》ないでしょ。この先にどんないいことがあるっていうの。何もないわ。だから潔く死にたいんだけど、うまくいかないの」

「おまえ、そんな不了簡《ふりょうけん》はよくないよ。死ぬなんて考えちゃいけない。おまえがそんなことしたら、お父っつぁんが悲しむだろう」

「おっ母さんの胸の内はどうなの」

「あ、あたしは……実を言うとね、おまえとおなじだよ。朝っから死ぬことばかり考えている。首を吊ろうか手首を切ろうかって、迷ってばかりいてなかなか死ねないんだ。だからいっそおまえに殺して貰おうかって……」

「いいわよ、でもあたしを先に殺して」

「それはできないよ。順番から言ったってあたしの方が先なんだ」

「ああっ、死にたい、死にたい……」

お糸が取り乱し、喉の奥から搾《しぼ》り出すような声を発した。

そこへぬっと月之介が入ってきた。

その月之介を見て、お糸は一瞬死神かと思った。

(あの人殺しが……そうだ、御用聞きのあの娘が鎧月之介と言っていた)

お糸は身繕《みづくろ》いをし、座り直すと、月之介の方を見ずに顔を伏せた。

お絹は月之介の姿に恐れおののき、ふらつく足取りで出て行った。

「こたびのこと、悔みを申すぞ」

お糸はちらっと月之介を見るが、また目を伏せて、

「何しにきたんですか」

「心配になったのだ、おまえが」

お糸が戸惑いで、

「それは……そんなこと言われると変な気持ちです。あたしは鎧様を人殺しと罵《のの》ったんですよ。あたしのことなんて、気にしないで下さい」

「そうはゆくまい。おまえには不思議な縁を感じている。放っておけずにここへきた」

「……」

「お糸、妙な考えだけは起こすな。死んだ父親が嘆くぞ」

月之介が静かな声で言った。

しかしお糸は黙ってうなだれている。

じっとその様子を見ていた月之介が、無言で席を立った。

するとお糸がその背に向かい、

「お父っつぁんを殺した奴は、のうのうと生きてるんですか」

「……」

月之介が無残な横顔を見せて、

「恐らくな……下手人は斬り取り強盗で何人もの人を手にかけている。おまえの父親はそのなかの一人に過ぎん。なんとも思っていないはずだ」

「どうしてそんなことが許されるんですか」

「……」

「どうしてなんですか」

月之介が立ったままで、お糸と視線をぶつからせた。

お糸は感情が激してきて、目にいっぱいの泪を溢れさせ、

「あたし……あたし……どうしても思い切りがつかないんです。なんでお父っつぁんが殺されなくちゃならないのか、受け入れられないんです。これが身の定めだなんて、諦めることができないんです」

月之介は再びお糸の前に座ると、

「おまえが見ていたおれの人殺しだが、あれもそういう手合いであった」

「え……」

「そのような許せぬ人でなしは、斬るしかあるまい。御定法《ごじょうほう》などはくそっくらえだ。それがおれのやり方なのだ。言っておくが、これは言い訳ではないぞ」

「……」

「人の道を守れぬ奴は外道だ。翻意せぬ限り、おれは許さん」

「あ、あのう……」

お糸が何か言いかけた。縋《すが》るような目になっている。

「なんだ」

だがお糸はそこで烈しくためらい、

「いえ、いいんです……もうお帰り下さい」

「……」

月之介は黙したまま、立ち去った。

「ううっ」

嗚咽《おえつ》をひとつして、お糸がくわっと顔を上げた。それまでの白い死人のような頬に、憤怒の朱が差していた。

今や怨念だけがお糸を支えているようだ。

「許せない……」

くぐもったようなつぶやきが、暗い情念に呑みこまれた。

十三

小者が先に立って提灯で足許を照らし、座光寺玄蕃が夜道をやってきた。

そこは武家地だから鬱蒼《うっそう》とした木々が生い繁り、左右はどこまでも海鼠塀《なまこべい》がつづいている。

草むらから虫の声、頻《しき》りだ。

前方にすうっと黒い人影が二つ立ち、それを見た座光寺が、「先に行っておれ」

と小者に言った。

小者が承知し、座光寺に提灯を手渡すと、二人の男の方を見ないようにしなが
ら歩き去って行った。

二人は成瀬旗二郎と疋田増蔵で、座光寺はそれへ悠然と近づいて行くと、黙っ
て片手を突き出した。

だが成瀬と疋田はそれに応えず、何やら不穏な様子で佇《たたず》んでいる。

「どうした。はよう仙台堀の上がりを寄こさぬか」

それでも二人は押し黙っている。

座光寺は危険な臭いを嗅ぎつつも、泰然として、

「おい、何を考えている、貴様ら」

「座光寺殿」

成瀬が挑むような目を向けると、

「今宵限り、われらと絶縁して頂きたい」

声がやや震えている。

「そんなことができると思っているのか」

座光寺はあくまで冷静だ。

「もうご貴殿の手先で働くのはまっぴらなのだ。そう申しておる」

「では覚悟はついているのだな」

「なんの覚悟だ。どのような覚悟をつけろと申されるか」

疋田が言い立てた。

「貴様らが犯した罪業が、世に知らしめられてもよいのか」

「うぬっ」

成瀬が唸り、疋田と共に刀の柄に手をかけた。

その二人の顔へ、座光寺は提灯の灯を向けながら、

「貴様らは御小人目付にあるまじき行いをした。旗本家の秘密を嗅ぎつけ、ゆすりを働きつづけていた。しかも何家にも及ぶものだ。それを知っているのは、貴様らの上役である徒目付のわしだけだ。今まで黙ってやっていたそのわしに、反旗をひるがえすつもりか」

「黙れ。そのわれらの弱みにつけ入り、貴殿は夜盗をするよう命じた。今までは何も言わずにしたがってきたが、もうご免なのだ。こんな悪行からは金輪際《こんりんざい》手を

引きたい」

成瀬が吠え立てた。

「それはならん。今後もわしのために働くのだ。何を今さらそのようなことを申すか」

「こんなことをいつまでもつづけているわけにはいかん。わられは貴殿と絶縁する。否やを申されるなら、手は見せぬぞ」

疋田が反論して成瀬と見交わすや、勇を鼓《こ》して同時に抜刀した。

それでも座光寺は落ち着き払っていて、

「貴様らはわしの飼い犬なのだ。主《あるじ》に嚙みつくことは許さん」

「とおっ」

成瀬が怒号を発し、疋田と共に座光寺へ斬りつけた。

座光寺は提灯を放るとすっと身を引き、目にも止まらぬ早業で抜刀し、白刃を電撃の如く左右に閃かせた。

「あっ」

「ぐわっ」

成瀬と疋田が揃って苦悶の声を上げ、よろめき倒れた。共に肩先や腕を斬られ、血を噴き出させている。

押し出しの立派さは見かけ倒しではなく、座光寺はかなりの剣の使い手なのだ。

座光寺は抜き身をぶら下げたまま、ゆっくりと二人に歩み寄り、

「急所は外してある。血止めをすれば大事はあるまい。貴様らにはまだまだ働いて貰わねばならんからの」

血刀を拭って鞘に納め、

「さあ、仙台堀の上がりを寄こせ」

成瀬が疋田と見交わし合い、ふところから金包みを取り出すと、苦渋の顔で座光寺に差し出した。

座光寺はそれを受け取ると、

「よいな。これからも四分六の分け前だ。どんどん夜盗を働け。肥え太った商人など、いくら殺しても罪にはならん。そう思え」

そして二人に背を向け、行きかけて、

「遊里で遊ぶのは構わんが、御小人にふさわしき場所へ行け。どこに人の目があるや知れまい。過日の深川の料亭などは、貴様らの身の丈《たけ》には合わぬ。いつでも

わしの目が光っていることを忘れるでないぞ」

そう言い捨て、座光寺が立ち去った。

二人はもう言葉を発せず、黙々と疵《きず》の手当てをしている。

十四

お糸は道場の門を潜って玄関先に立ち、そこでなかを窺うようにしていたが、
また迷いが生じたのか、もじもじとして突っ立っている。

桃割れの鬢が乱れ、お糸はまるで病人のようだ。

家のなかはひっそりとして、どうやら月之介は不在らしい。

そこへ青物を載せた笊《ざる》を抱え、お鶴が門からきて、

「まあ、お糸さん……」

はっとふり向くお糸の、そのやつれた青い顔にお鶴は胸を痛めながら、

「お父っつぁんのこと、ご愁傷様《しゅうしょうさま》」

「……」

お糸が曖昧《あいまい》にうなずく。

「鎧様に何か御用？」

「困ったわねえ、今日はずっと戻らないようなことを言ってたんだけど……どこへ行ったのか、あたしにも……」

そうは言ったものの、月之介が成瀬旗二郎と疋田増蔵の行動を探るべく、二人に張りついていることをお鶴は知っていた。

「なかで待ってみる？」

「あ、いいえ、いいんです」

「何か言伝《ことづ》てなら、あたしが聞くけど」

「……」

「どうする？」

「実は鎧様にお話が……お願いしたいことがあってきたんですけど……でもいいんです、またにします」

「そう」

お糸が頭を下げ、行きかかるのへ、

「待って」

お鶴が声をかけた。

「ええ」

お糸がふり返る。

「鎧様のこと、まだ人殺しと思ってる？」

「……」

「それは違うのよ、お糸さん。鎧様はむやみにそんなことをする人じゃないわ。ほかの人殺しと一緒にしないで」

「わかってます」

お糸の強い意思を感じさせる声だ。

「あたしが間違ってました。世の中に鎧様のような人がいるなんて、知らなかったものですから。だから今は、そんなふうに思ってません」

「よかった」

お鶴がほっとして、

「お願いしたいことって、どんなこと？」

「それは……言えません、ご免なさい。またきます」

言うや、お糸は逃げるように立ち去った。

その背を見送り、

（あの娘は立ち直れる）

お鶴は祈るような気持ちでそう念じた。

十五

本郷《ほんごう》一円は武家地と寺社地がひしめき合っているが、小役人の大縄地《おおなわち》も多く、その間隙《かんげき》を縫うようにして町人も大勢住んでいる。

ゆえに夜ともなると、飲食の店は武士と町人が入り混ざり、大層な賑わいとなる。

本郷菊坂町《きくさかちょう》にあるその居酒屋も、宵の口から入りきれないほどの大入りでごった返していた。だが陽気に飲んで騒いでいるのは町人ばかりで、武士の客はひっそりと静かに酒を楽しんでいる。

成瀬旗二郎と疋田増蔵のその夜の酒は、しかし楽しむというようなものではなかった。片隅に陣取った二人は、暗い怨念にも似た声で語り合っている。

「どうするのだ、このままでよいのか」

成瀬が苛立ちをみなぎらせ、疋田を見据えて言った。

疋田は深い溜息で、

「よいわけがあるまい。なんとかせねばならんことは百も承知だ。しかし手立てがないではないか」

「おれはもうあの人に稼ぎを貢ぐのはご免だぞ。十五俵一人扶持のくそのような下級武士が、思わぬ金儲《かねもう》けの道を見出したのだ。これからはおれたちだけで甘い汁を吸おうではないか」

「それに異存はないが、問題はあの人をどうやって切り離すかだ。それがうまいことといったら、笑いが止まらんことになる」

「失脚を画策するしかあるまい。怪文書を書くのだ。あることないこと書きつらね、殿中に貼り出す。どうだ、宿直《とのい》の晩を狙ってやってみぬか。翌朝には大騒ぎとなるぞ」

「溜飲が下がるな」

「その通りだ。あの人の青褪《あおざ》めた顔が見てみたいものだ」

「よし、それでいこう。そういう文書ならおれに任せておけ」

「ははは、なんだか気が晴れてきたぞ」

二人が酒を頼み、意気盛んとなった。

その壁ひとつ向こうの小上がりで、独酌で酒を飲んでいるのは月之介だ。

月之介の表情が強張《こわば》り、沸々《ふつふつ》と憤怒が突き上げていた。

成瀬と疋田は居酒屋を出ると、もう一軒廻るつもりらしく、いい気分で歩き出した。

夜も更けてさすがに人通りも絶え、不気味に静まり返っている。遥か向こうに赤提灯が見えるから、二人はそこをめざしているものと思われた。

ざあーっ。

その時、砂塵が舞った。

二人のぺらぺらの黒羽織が風にはためく。

不意に横合いから、月之介が現れた。

「おい、夜盗ども」

月之介に決めつけられ、成瀬と疋田が驚愕の目を向けた。

「な、なんだ、貴様は」

成瀬が怒鳴った。

その声はすぐに風に掻き消された。

「おまえたちが言うあの人とは、徒目付座光寺玄蕃のことだな」

念押しするように言った。

成瀬と疋田が油断のない目を交わし合い、刀の鯉口《こいぐち》を切った。

「その手先になっておまえたちは夜盗を働き、罪のない商人たちに血の雨を降らせた。この度し難い愚か者どもめ」

「かあっ」

「きえい」

成瀬と疋田が絶叫に近い声を上げ、月之介に斬りこんだ。

月之介が抜き打ちに疋田の横胴を払い、すかさず成瀬の頭頂部を叩いた。

勝敗は一瞬で決せられた。

血の洪水を噴出させ、二人が同時に地に伏した。

ごぼごぼと、下水の流れるような流血の音がする。

再び砂塵が吹き荒れて辺りが真っ白になったが、その時には月之介の姿は消えていた。

十六

その夜、座光寺玄蕃の姿は湯島天神《ゆしまてんじん》近くの妾宅にあった。

悪銭に飽かせたものか、小体《こてい》ではあるが小粋なしもたやだ。

落籍《ひか》せたばかりの若い芸者小梅を裸にし、夜具の上で座光寺は白い肢体を嬲《なぶ》っている。

「あっ……もう……殿様、堪忍……」

小梅が恍惚《こうこつ》とした表情で、夢見るような甘い声を出す。

座光寺はそれをじらせて、

「何を堪忍するのだ、うむ？　どうして欲しいのか口に出して申してみよ」

「だから……早く……もう、こらえきれません……」

「ふむ、ではこうして欲しいのかな」

座光寺が馬乗りになり、小梅の躰のなかに入った。

「ああっ……ああっ……」

小梅はすぐによがり出し、しなやかな躰をくねらせて身悶える。

顔をてらてらと光らせ、女体を蹂躪《じゆうりん》し始めた座光寺が、だが不意に動きを止めた。

獣の勘が異変を察知したのだ。

「殿様……止めないで……」

からみつく小梅の手を払いのけ、座光寺はさっと立つと浴衣《ゆかた》を身にまとい、帯を締めて床の間の大刀を取った。

「殿様……」

まだ夢醒めやらぬような風情で、小梅がうっすら目を開けて座光寺を見た。

座光寺は険しい目をぎらぎらと辺りに走らせ、聞き耳を立てている。

「どうなさいましたか」

小梅がきょとんとした声で問うた。

「おまえはそこにいろ、動くでない」

言い置き、座光寺が部屋を出て行った。

廊下に立ち、じっと暗がりを窺う。

その時には大刀を腰に落としている。

だがどこにも人影などはない。

「出て参れ。いることはわかっている」

油断なく歩き出すその背後に、ぬっと月之介が立った。

気配を感じた座光寺がふり返るより早く、月之介が抜き身の白刃をざくっとその躰に刺し通した。

「うぐっ」

座光寺が激痛に呻《うめ》くが、それでもすばやく身を引き、抜刀した。

白刃と白刃が対峙する。

座光寺の背から血が滴り落ちている。

「何奴だ」

かすれたような座光寺の声だ。

その呼吸も荒くなっている。

「貴様のような鬼畜とは口も利きたくないぞ。このおれまでも汚れる思いだ」

月之介が吐き捨てた。

「があっ」

座光寺が斬りつけてきた。

その脳天から、月之介が刀を唐竹割《からたけわ》りにした。

くぐもった呻き声を漏らし、座光寺がずるずると崩れて座りこんだ。

その顔面は血達磨《ちだるま》だ。

月之介が座光寺に屈み、静かに囁《ささや》いた。

「多くの商人たちの怨嗟《えんさ》の声を聞け。おまえは地獄へ堕ちても尚、苦しむのだ」

「……」

月之介が血刀を下げたまま、消えた。

「んねえ、殿様、まだですかあ」

部屋から小梅の能天気《のうてんき》な声がした。

白っぽい浴衣は真っ赤に染まり、座光寺はぶくぶくと血の泡を吹いていた。

十七

鹿子屋から大きな菓子折が届けられ、それを月之介、猫千代、お鶴が囲んでいる。

「なか、開けてみましょうかねえ」

猫千代が待ちきれぬ様子で、月之介の顔色を窺うようにしながら言った。

月之介は黙っている。

「いいわよ、猫千代さん。開けてみましょうよ」

お鶴が賛同したので、猫千代は百万の味方を得た気になって菓子折を開けた。

中身はおはぎがぎっしりと詰まっている。

「おや、まあ」

猫千代が喜色を浮かべ、早速お茶をと言いながら、いそいそと台所へ立って行った。

「おはぎには意味がある。大願成就の祝いに出すものだ」

月之介の言葉に、お鶴がうなずいて、

「お糸さん、木曾屋の若旦那と祝言が決まったそうなんです。それで鹿子屋はおっ母さんが引き継いで、お糸さんは来月にも材木問屋のおかみさんになることに」

「立ち直ったのだな、お糸は」

「あたしはそう信じてました。だからその話を聞いた時は嬉しくって。明日あたり若旦那と一緒に改めてご挨拶にくるって言ってましたよ」

「そんな必要はない」

「いえ、でも……お糸さんは本当のお礼がしたいんだと思います」

「なんのことだ」

「だって鎧様がお父っつぁんの仇討《あだうち》をして下すったから。お糸さん、実はその前に鎧様を訪ねてきて、お願いしたいことがあるって言ってたんです。あの時はたぶん仇討を頼みにきたんだと、あたしは思ってるんです」

「人殺しのおれに、人殺しを頼みにきたというのか」

月之介が諧謔《かいぎゃく》めいて言う。

「お糸さん、もうそんなふうには思ってないって、あたしに言いました。世の中に鎧様のような人がいるとは知らなかったって」

「お鶴」

「はい」

「なんだか救われたような気分になってきたぞ」

「まあ、それは」

お鶴がにっこり笑った。

猫千代が三人分の茶と皿を持ってきた。

「さあさあ、みんなで食べましょうか。幾つ食えるかなあ」

猫千代が小まめに箸でおはぎを取り皿に取り、分けて差し出した。

その時、「鎧殿」と言う神坂乙三郎の声が聞こえてきた。

「あっ、いけない。神坂様だ」

猫千代が言い、お鶴に目配せすると、二人して菓子折と茶を持って慌てて隣室へ逃げこんだ。

神坂は入ってくるなり、月之介の前に正座をすると、

「鎧殿、いや、すまん」

「なんのことかな」

「昨夜、徒目付と御小人目付二名が何者かに斬り殺された。目付方の出来事ゆえ、町方には関わりないのだが……わしは臭いと睨んでいる」

ぐいっと月之介に見入って、

「よくやってくれた。礼を申す」

「はて、なんのことやら」

「これで覆面強盗は出没せぬであろう。鎧殿のお蔭でござるよ」

神坂はすっかり確信犯の目で、月之介を見ている。

「強盗どもは手討にされたということか」

「左様」

「おれは知らんな。それはどこかの人殺しが、目に余るゆえに退治たのであろう」

惚《とぼ》け通すつもりの月之介が、お糸の顔を思い出し、

「ふん、人殺しか……」

ひとりごちた。

「人殺し」

お糸のその声が、今ではなつかしいように感じられた。

第二話　斬奸状

一

江戸城は内外共に、難攻不落である。

外はともかく、内というのは、時に御殿の内部で異変が起こるからである。

その警護は厳重を極め、御小姓組《おこしょうぐみ》、御書院番《ごしょいんばん》、新御番、大番、小十人組の五番方千人以上が、昼夜を分かたず、総坪数二十二万坪余の江戸城を衛《まも》っている。

しかし昼より夜の警護が厳しいのは当然のことで、六割方が夜明けまで務め、たとえ虫一匹の侵入をも許さない体制だ。

それでも、異変は起こるのである。

小十人組の田中門八《もんぱち》と三島新吾はその日宿直《とのい》で、戌《いぬ》の刻（八時）頃からいつものように本丸表御殿の警護に出た。

田中と三島は共に二十代前半で、百俵十人扶持《ぶち》、檜《ひのき》の間席である。二人は肩衣《かたぎぬ》半袴《はんばかま》の役裃《やくがみしも》に佩刀《はいとう》をし、田中が先に立って提灯《ちょうちん》を照らし、三島は長槍を携《たずさ》えている。

城内の警護、見廻りはほとんどがこうして二人組なのである。

本丸御殿は建坪一万千坪弱で、三つの区域に分けられている。

それはまず幕府の政庁である「御表《おおもて》」、将軍の公邸にあたる「中奥《なかおく》」、そして私邸たる「大奥」である。

「大奥」は別世界だから、彼らの警護の範囲は「御表」と「中奥」に限られていた。

さらに本丸には「二の丸御殿」があり、別棟として「西の丸御殿」がある。前者には御側室、後者には将軍の世子が住んでいる。

本丸御殿は典型的な書院造りで、幕閣重職の用部屋が櫛比《しっぴ》しているが、それらの襖《ふすま》や壁には狩野派《かのうは》一門の筆になる花鳥、山水、人物絵などが目にもあやな極彩色できらびやかに描かれている。

そして座敷も部屋もすべて白木造りで、華やかなうちにも荘厳さをただよわせているのだ。

ひたっ。

どこかで襖の閉め切られる音がした。

こんな夜更けに、いずこにしろ用部屋に人の出入りのあろうはずはない。

田中と三島は不審に見交わし、音のした方へ急いだ。

芙蓉《ふよう》の間、つまり大目付の用部屋の辺りに武士が二人立っていて、こっちへ向かって歩いてきた。

田中たちとおなじ役裃姿だが、灯も武具も持たず、脇差だけを差している。警護の者とは思えなかった。それにどちらも見知らぬ顔なのである。

二人の男は田中たちを見ても驚くわけではなく、しかし視線は交わさず、そつなく頭を下げて行き過ぎた。

中年と若者だったが、それがあまりに堂々としていたので、田中も三島もつい声をかけるのをためらわれた。

だが田中が意を決して、

「お待ち下され」

と呼び止めた。

二人の武士が静かに歩を止め、こっちを向かずに背だけで応えた。

「いずこの番方でござるかな」

田中が二人に問うと、中年の方が澱《よど》みのない口調で、

「われらは番方ではなく、跡部《あとべ》家《け》家中の者にござる」

跡部とは、大目付跡部大炊頭《おおいのかみ》のことだ。

田中と中年の武士の問答がつづく。

「左様か。それがこのような刻限にいかがなされたか」

「御前が御用部屋に忘れ物を致したと申されるゆえ、取りに参りました」

「どのような忘れ物でござるか」

「御前ご愛用の印籠《いんろう》にござる。雪華紋様《せっかもんよう》をあしらった美麗なものでござっての」

田中もそれは跡部の腰にあるのを見た憶えがあり、なんとなく得心して、

「して、あり申したのか」

中年の武士が失笑を漏らし、

「それが、どこにも。恐らく御前の思い違いではないかと」

そこで若者の方が初めて口を開き、

「刻限が刻限だけに、いつまでもここにいるわけにも参らず、それで見切りをつけたしだいなのです」

「はっ、それは確かに。改めてみどもたちでお探ししておきましょう。もはや下城なされた方がよろしいかと」

中年と若者が「はっ」と同時に答え、そこでこっちに向かって頭を下げると、静かに立ち去った。

その二人を見送り、

「格別の不審はないな」

田中が言った。

「うむ、格別のことはないが、少しばかり解《げ》せんのう」

三島が奥歯にものの挟まったような言い方をした。

「何が解せんのだ」

「特にこれといったことはないが、このような刻限だぞ。忘れ物なら明日でもよいではないか」

「いや、わたしはそうは思わんな。跡部様はどんなことでも一度言い出したら聞かぬお方だ。何がなんでも印籠を探して参れと申されたのではないのか。あの印籠はわたしも見たことがある。なかなかのものだったぞ」

「ふむ」

それで二人は大目付の用部屋へ入り、暗い室内へ灯を照らした。

むろん無人だが、怪しい節のあろうはずもなかった。

用部屋といっても、ここで大目付が執務するわけではなく、登城時に衣服を改めたり、小憩を取るだけである。勤務の部屋は別にあるのだ。

がらんとした部屋に小机が置かれ、その上に紙、硯箱《すずりばこ》、文鎮《ぶんちん》などが並んでいる。

二人の視線が同時に小机の下に注がれた。

文箱が置いてあった。

入室して文箱を引き寄せ、美麗な桜蒔絵《さくらまきえ》の蓋を田中が開けた。

なかは空だった。

(そんなはずは……)

田中はとっさにそう思った。それと同時に何やら異変を察知した表情になった。

文箱にはいつも、重要文書が何通か入っているはずなのだ。

それは警護の者なら誰もが知っていることで、日頃跡部は奥坊主に命じ、ここへ勤務部屋の文箱を持ってこさせ、小憩の折でも寸暇《すんか》を惜しんで精読するのを習わしとしていた。

「おい、今の二人、怪しいぞ」

田中の言葉に三島も表情を引き締めてうなずき、二人は急ぎ武士たちを追った。

だが武士たちの足跡を辿《たど》ったつもりが、その姿は忽然《こつぜん》と消え、田中と三島を恐慌に陥れた。

その二人の様子が尋常ではないので、たちまち四方から警護の侍たちが集まってきた。二人がそれらへ、たった今起こった奇怪を伝えると、侍たちは騒然となり、にわかに緊張が走った。

そして伝令は大波のように伝播《でんぱ》し、六大門と外曲輪《そとくるわ》二十六門の扉が一斉に閉じられた。警護が増員され、松明《たいまつ》の数も増え、もはや蟻《あり》一匹這い出る隙間もなかった。

そのなかで大人数が探索を行ったが、謎の武士二人は遂に見つけ出すことができなかった。探索は吹き上げのお庭にまで及んだが、姿を見せたのは狐狸《こり》の類《たぐい》だけだった。

武門の棟梁《とうりょう》、徳川家の総本山である江戸城に賊が押し入るなど、ありうべからざることだ。

いや、あってはならないことであった。

その謎の武士二人は、まだ中奥にいた。

しかもそこは、将軍が政務を執り行う御座之間《ござのま》である。

御座之間ばかりは、恐れ多くて警護の者たちも滅多に近づかず、それはまさに盲点であった。

二人の名は、中年の方が石丸隼人《いしまるはやと》、若者は小槌才蔵《こづちさいぞう》という。

御座之間は大奥に近い西寄りの広間で、鏡天井で床の間があり、上段、下段、御次《おつぎ》、大溜《おおだまり》の四室から成っている。将軍は昼はここで生活し、政務を見ているのだ。

錦絵は許由《きょゆう》、陶淵明《とうえんめい》、太公望《たいこうぼう》など、古代中国の聖人、詩人像が描かれている。

才蔵が手燭の火を灯し、隼人は篋底《きょうてい》から盗み出してきた書類を次々に見ている。書類は五通あり、最後の一通を開封して隼人の目が光った。

「あったぞ」

才蔵がそれに見入る。

「間違いありませんね」

「よし、これでよい。希《のぞ》みは達した」

隼人が書類五通をふところへねじこみ、

「才蔵、では手筈《てはず》通りに」

「はっ」

才蔵が火を吹き消してすっと立ち上がり、鏡天井を見上げた。

そうして暫《しば》し眺め廻していたが、鴨居《かもい》に手をかけ、あっという間に壁をよじ登った。天井に張りつくや、下から押して弛みのある箇所を探す。それを見つけ出し、小刀を取り出してその溝《みぞ》に刃先を入れた。やがて一枚の鏡板がずれ、才蔵は迷わず一気に押し上げた。やがてその姿は煙の如《ごと》く天井裏に消えた。隼人もおなじように天井へ登り、その姿もするりと吸いこまれた。

鏡板が上からぴたっと元に戻され、御座之間に再び静寂が訪れた。

一夜明けた早朝に、不浄門《ふじょうもん》へ三人の男女が現れた。

警護の数はさらに増え、城内は不穏な空気に包まれている。だがこの不浄門は盲点のひとつで、警護の人数は少なかった。

不浄門というのは、城中で死者が出た時に骸《むくろ》を運び出したり、大奥女中の出入りなどに使われている。

死者というのは、城内に何万人もの人間がひしめいていれば自害や頓死《とんし》はかならずあるもので、また女人の出入りとは、女の身は不浄、という武家社会の考え方からだった。

女は大奥お末《すえ》女中で、紬《つむぎ》を着て黒繻子《くろじゅす》の帯をやの字に結んでいる。男二人は黒の羽織、袴に佩刀した姿で、途中まで彼女を護衛する御広敷添番《おひろしきそえばん》の者たちだと言う。

中年のお末女中が、御書院番の松田忠助という若侍に通行手形である御切手を見せ、御台様《みだいさま》から火急の御用を仰せつけられたので、外出を願いたいと言った。御台所の権威は赫々《かくかく》たるものがあるから、松田はそのお名を聞いただけで、一点の疑いも持たずに三人を通した。

それに三人はどこにも不審は感じられず、堂々としていて、江戸城の奥向きに住まいおるそれらしき雰囲気を身につけていた。

そうして三人は不浄門を通過し、悠然と橋を渡って出て行った。

つまり大手をふって、江戸の町へ消えたのである。

御広敷添番に化けた男二人は、石丸隼人と小槌才蔵であり、お末女中は白縫《しらぬい》といった。

二

書肆《しょし》である出雲屋の仕事を終え、鎧月之介は北新堀町から永代橋へ差しかかった。

橋のなかほどまでくると、数人の町方同心が捕方の一団をしたがえて追ってきて、月之介をものものしく取り囲んだ。

年嵩《としかさ》の同心が進み出て、

「率爾《そつじ》ながら、貴殿の姓名と所をお聞かせ下され」

慇懃《いんぎん》に言った。

月之介はいつにない役人たちの殺気立った様子に、不審を持ちつつ、

「鎧月之介。深川黒江町、元甲源一刀流道場に住まいおる」

「江戸に住んで長いのか」

「いや、一年と少々に相なる。流浪《るろう》の身なれば、明日は知れぬが」

「詳《つまび》らかに聞きたいことがある。大番屋まで同道願えぬか」

「断る」

「なんと」

「何ゆえの詮議《せんぎ》かの説明もなきまま、唯々諾々《いいだくだく》としたがう気にはならん」

「そ、それは……」

そこへ捕方たちを押しのけ、南町奉行所吟味方与力神坂乙三郎が現れた。

「よい、その者は詮議無用であるぞ」

「は、はあ、しかし……」

年嵩同心がためらう。

「このわしがよしと申しておるのだ。否やを申すか」

神坂がえらの張った蟹《かに》のような顔を、さらに四角くして言った。

「いえ、そんなつもりは」

それで同心と捕方たちは引き下がった。

神坂は月之介を目顔でうながし、永代橋を渡り切ると、深川寄りの橋の袂《たもと》まできて一軒の茶店へ入った。

二人は奥の床几《しょうぎ》にかけて向き合うや、

「よほどの大捕物のようだな」

月之介が言った。

「いや、それがな、ちと尋常ではないのだ」

「というと」

神坂は辺りを憚《はばか》り、声を落とすと、

「千代田のご城内で、昨夜事件が起こった。大目付殿の御用部屋より、機密の文書が何者かに盗み出されたらしい」

「その文書とは」

「それが秘密にされているからわしにもさっぱりなのだ。昼前に奉行殿に呼び出され、三人組の賊を捕えよと、そう下命《かめい》された。それだけで、いやはや、もう何が何やら……はっきりわかっているのは、男二人に女が一人ということだ。警護の虚を衝き、三人は一番手薄な不浄門から逃げたという話だ。これはどうやら、そこいらの賊とはわけが違うようだな」

「動いているのは」

「大目付の跡部大炊頭殿と聞く。こういう事件になると、町方は使いっ走りのように扱われるからかなわん。探索の主軸はあくまで大目付、目付殿で、それに五番方の千人以上が動員されていると聞く」

「上を下への大騒ぎというわけか」

「五街道四宿の出入り口は、すべて塞がれたようだ」

五街道四宿とは、東海道の品川宿《しながわじゅく》、甲州街道の内藤新宿《ないとうしんじゅく》、中仙道の板橋宿、そして日光街道と奥州街道の千住宿《せんじゅじゅく》のことを言う。

「まっ、しかしこたびは貴殿の力を借りるには及ぶまい。町方のわしにとっても大迷惑でな、適当に切り抜けるつもりでいる」

「相わかった。励まれよ」

あっさり言って、月之介は席を立った。

月之介としても雲の上の出来事のようで、関心を寄せるには至らなかったようだ。

ところが現実は、そうはいかなかったのである。

三

月之介が道場へ帰ってくると、来客があった。

それは猫千代が連れてきた客で、同業の太鼓持《たいこも》ちのちゃら平という男である。

れっきとした名前はあるのだろうが、太鼓持ちなどというものはふざけた通り名をつけるものだと、月之介はちゃら平という名に噴飯《ふんぱん》ものの感がした。

ちゃら平は三十前の若さなのに丸禿《まるはげ》で髪の毛が一本もなく、てらてらと光った頭は生臭坊主のようだった。だが生臭というほどのあくはなく、ちゃら平は目も眉も垂れて、意思の弱そうな情けない面相をしていた。

それは醜男《ぶおとこ》を好む遊里の客たちには、優越感を起こさせて有利に働くはずである。

そのちゃら平が猫千代を介して、月之介に相談事があるという。

「どんなことだ」

月之介が問うと、それが癖なのかちゃら平は扇子《せんす》で頭の後ろを叩き、

「なんともみっともねえ話でござんして、どうにも面目しでえも……」

おいおいと泣き出した。

話の要領を得ないので、猫千代がやむなくとって代り、

「つまりですね、ちゃら平の兄さんは女に騙されたんでございますよ、月の旦那」

「騙されて、何をされた」

ちゃら平が手拭いでごしごしと泪《なみだ》を拭い、

「へえ、十年かかって貯めた虎の子を根こそぎぶん取られやした」

被害額は三十両だという。

「それは大金だな」

「もう死ぬしかございやせん」

がっくりうなだれ、扇子で頭の後ろをぽんぽんと叩いた。

「それを思い留まらせてここへ連れてきたんです。旦那、なんとか力になって下さいましな」

猫千代が頼むから、月之介も重い腰を上げるように、

「ちゃら平とやら、わけを話してみろ」

「お聞き届け下さいますか。ああ、よかった、助かった」

ちゃら平が茶をひと口飲み、ついでにうがいもして、語り出した。

それによると、こうだ。

ちゃら平は遊里で染奴《そめやっこ》という芸者と知り合い、ぞっこん惚れこんだ。この一年ばかりのことだ。

染奴は渡り者で、新橋から深川へ流れてきた。男好きのする顔と、客あしらいのうまさでそこそこ売れっ子になったが、土地の辰巳《たつみ》芸者の反撥《はんぱつ》を食らって爪弾《つまはじ》きにされた。それをちゃら平が庇《かば》ってやっているうちに、理無《わりな》い仲になったのだ。

しかし染奴の身の上話を聞くうち、ちゃら平はしだいに同情して、貯めこんだ金を少しずつ融通する羽目になった。

染奴は葛飾《かつしか》の百姓の出で、ふた親のいる実家に三人の子供を残してきたのだという。亭主はその前に女を作って逃げていた。

葛飾へ毎月仕送りをするばかりでなく、それ以外にも子供が急な病いに罹《かか》ったり、ふた親まで災厄にみまわれたりと、染奴は苦労の絶えない女だった。

ちゃら平はそれを励まし、いずれ所帯を持つからと、次から次へと金の工面をしてやった。

それがある日突然、行方をくらましたのである。

ちゃら平は目の前が真っ暗になり、染奴の住居や立ち廻り先を探し廻ったが、雲を霞《かすみ》と消えたあとだった。

そこで以前に聞いていた染奴の葛飾の在まで行ってみると、ふた親はおろか、子供などどこにもいなかった。

すべて染奴という女の作り話で、ちゃら平はいい鴨《かも》にされていたのだ。

「ところが旦那、その染奴を見た奴がつい最近現れたんでござんすよ」

猫千代が膝を乗り出し、語り継ぐ。

「見たのは辰巳芸者の一人なんですが、奴《やっこ》さんはその晩客につき合って舟遊びの最中だったんです。それがおなじ舟遊びの船とすれ違って、そこに染奴が乗ってたって言うんですよ。しかも男と二人だけでして、実はその男というのが問題なんです」

「ふむ」

「男は蝮《まむし》の鉄五郎《てつごろう》というおっかない名前のならず者でして、ちょっと前まで浅草の雷門《かみなりもん》で威勢を誇っておりました。ところが堅気の人に乱暴を働いて怪我を負わせ、逃げてる奴なんです」

「その船の行く先は」

するとちゃら平が代って、

「辰巳の姐さんが船の屋号を覚えてくれてまして、それを頼りに調べましたら、千住の喜仙という船宿だったんです」

「なるほど。鉄五郎は浅草から千住に身をひそめているのだな」

「そういうことだと思います。鎧様、染奴は鉄五郎の情婦なんでございましょうか」

ちゃら平の問いかけに、だが月之介は口を濁し、

「それは、なんとも言えんな。探し出して本人に聞いてみたらどうだ」

猫千代がぽかんと呆れ顔になって、

「月の旦那、ここまで話を聞いてそりゃないんじゃないんですか。探し出して本人に聞いてみろとはどういうことですか。それができるくらいならとっくにそうしてますよ。あちらには名うてのならず者がついてるから、それでこうして旦那にお願いにきたんじゃありませんか。あたくしどもみたいな弱い者の味方についてくれるのが、鎧の旦那じゃなかったんですか」

猫千代にまくしたてられ、月之介は辟易《へきえき》として、

「おれにどうしろと言うのだ」

「染奴をとっちめて三十両を取り返して欲しいんです。染奴と鉄五郎は千住のどこかにひそんでるはずなんです。ですから、後生ですよ、旦那」

猫千代が頼みこむ。

「鎧様、どうかお願い致しやす。この通りでござんす」

ちゃら平も三拝九拝した。

二人に圧倒されたようで、さしもの月之介も二の句が継げなくなった。

四

大目付跡部大炊頭の前に、容貌魁偉《ようぼうかいい》な武士が座っていた。

跡部は一見冷厳な人柄にも見えるが、大身《たいしん》旗本の家柄の者らしく、どこか鷹揚《おうよう》な育ちのよさが感じられ、四十を過ぎた今はそれが風格にもなっている。

ところが武士の方は鷹《たか》のように眼光鋭く、三日月を思わせる削げた頬は、陰惨そのものである。

武士の名は景山要蔵《かげやまようぞう》といい、その肉体は強靭《きょうじん》そうで、常に張りつめた力がみなぎっているようだ。端的に言うなら、冷酷な鉄人の如き印象の男なのだ。

そこは事件の起こった城内芙蓉の間で、余人の姿はなかった。

跡部が愛用の雪華紋様の印籠を、苦々しく手の内で弄《もてあそ》びながら、

「これなる印籠のことといい、この部屋で文書を読むわしの習わしといい、敵はなぜそのようなことまで……そこまで聞いた時、背筋の寒うなる思いがしたぞ」

小十人組田中門八、三島新吾、御書院番松田忠助らの訊問をし、跡部は衝撃にうちのめされたが、その後なんら新たな事実は発見できなかった。

跡部が混迷の目をさまよわせ、景山に救いを求めるように、

「景山、この件、そちはどう見る」

跡部の問いかけに、景山は不敵な笑みを浮かべて、

「ずばり申しましょう」

「うむ」

「これは南部盛岡藩《なんぶもりおかはん》の仕業かと」

跡部が鋭い反応になって、

「おお、確かに五通の文書のなかに盛岡藩のものがあったぞ。他は埒《らち》もない建白書、具申書の類であったが、盛岡のものだけがわしにとっても重要文書だったのだ。どうしてそれがわかった」

うすら笑いで、景山はそれには答えず、

「南部藩には旧《ふる》き昔より、お早《はや》の者と称する忍者の一族が根を下ろしてございます。それは恐らく、今も絶えることなく脈々と引き継がれているものと聞き及びまする」

「その者たちが城中に忍び入り、あの文書を盗み出したと申すのか」

「これだけのことをやってのけるには、戦国の御世《みよ》より受け継がれし血族でのうてはとても叶《かな》いますまい。その旧き作法は人智を越えるのでござる。そ奴らは何カ月も前より城中に潜伏致し、闇の底で暮らしながら虎視眈々《こしたんたん》と機会を狙っていたものと。御前のことも、あらぬ所より日夜様子を窺っていたのでござろう」

「うぬぬ……」

跡部が忸怩《じくじ》たる唸り声を上げた。

「して御前、盛岡藩の文書の中身でございますが、いかなることが。差し支えなくば、お教え頂きたい」

景山が探るような視線を向けた。

跡部は深い目を首肯《しゅこう》させると、

「詳らかには申せぬが、あの一通の文書で盛岡藩お家断絶は必定――そういう内容のものだ」

「では藩の危難を救うため、それを忍びどもが命がけで取り戻した。そういうことでございますな」

跡部が苦々しくうなずき、

「してやられたわ……しかしその忍びども、大胆にして不敵。心憎いではないか。これは一本取られましたでは済まぬぞ」

「御意《ぎょい》。幕府の威信にかけてそ奴らを討伐致しましょう。そうせねば、われら庭番の面目も立ちませぬ」

この景山要蔵こそ、公儀御庭番の頭領なのである。

そこで跡部が景山にぐっと顔を近づけ、

「よいな。捕えず、殺せ。すべては闇に葬《ほうむ》るのだ」

「元より、その心算にて」

「景山、どう思う。文書はすでにこの世にあるまいの」

「焼却しているか、あるいは……あれば重畳《ちょうじょう》でございますな」

「うむ、盛岡藩二十万石、一気にぶっ潰してくれるわ」

「……」

景山が無言で一礼し、去りかけた。

「景山、このわしには見当もつかぬが、どのようにして忍びどもに追いつく所存じゃ」

景山は戸口で膝を折ると、

「盛岡へ戻るには、奥州街道か日光街道……五街道四宿が封鎖されましたる上は、連中はまだ江戸に隠れているものと」

「それをどうやって探し出す」

「蛇《じゃ》の道は蛇《へび》でござるよ。有体《ありてい》に申さば、千住宿辺りで食い止めるつもりでおります」

「わかった。行け」

「はっ」

五

小若《こわか》は千住宿に移り住んで半年になるが、近頃では宿場の人たちもようやくうち解けるようになってきた。

初めの頃は無視されつづけたり、意地悪な仕打ちに遭ったりの、苦難の日々もあった。ましてや小若がどこの馬の骨とも知れず、しかも類稀《たぐいまれ》な若さと美貌の持ち主なだけに、宿場の女たちのやっかみや反撥は並大抵ではなかった。

小若は半年前のある日、ひょっこり宿場に現れて、宿外れの潰れた小さな旅籠《はたご》を居抜きで買い取り、そこの女将《おかみ》に納まった。

そして「茜屋《あかねや》」という看板を掲げた。

その時は、宿場の事件のようにして大騒ぎになったものだった。

千住宿の世話役や肝煎《きもい》りが入れ代り立ち代りやってきては、小若の以前を聞き出そうと躍起《やっき》になったが、彼女はそれには曖昧《あいまい》にしか答えず、ますます謎は謎を呼んだ。

その垢抜けた風情から、小若は浅草や深川の芸者だったとか、富商の妾だとか、様々に取り沙汰《ざた》されたが、やがてそれもいつしか沈静化した。

めげずに明るい笑顔をふりまき、人を分け隔てしない小若の気性のよさに、しだいに宿場の人たちの壁も取れてきたのだ。

千住宿というのは中村町、小塚原町《こづかはらちょう》、掃部宿《かもんじゆく》、橋戸町、河原町、千住一丁目から五丁目までの、十カ町を併せての総称である。周辺はほとんどが田圃《たんぼ》で、小塚《こづか》原《つぱら》の刑場があることでも名高い。

千住から宇都宮《うつのみや》までは、奥州街道、日光街道、共におなじ道筋になる。

千住川に架かった千住大橋は、長さ六十六間、幅四間の大きなもので、浅草が最寄りとなる。下谷三味線堀《したやしゃみせんぼり》からは一里半の距離だ。

さらに宿場の家数は千七百軒余、そのうち旅籠は二百軒以上もある。お上の定めで、千住宿と板橋宿の飯盛女《めしもりおんな》の数は百五十人までと決められている。

ここいらは、今でいう荒川区南千住のことである。

鎧月之介がふらりと土間に入ってきた時、店には小若しかいなかった。

女中五人、男衆二人は、丁度朝立ちの旅人たちが出たばかりだったから、部屋の掃除に取りかかっていたのだ。二階から布団を畳む物音がしている。台所からは賄《まかな》いたちの作る煮炊きのいい匂いがしていた。

小若は慌てたように帳場から出てきて、月之介の前に畏《かしこ》まった。

朝から泊まりとは思えなかったから、

「お出でなされませ。なんぞ？」

そう言って、小若が明眸《めいぼう》を向けた。

だが月之介は女の容貌など頓着《とんちゃく》せず、

「宿を乞いたい」

「は、はい、有難う存じます。でも今はまだお部屋の支度が……」

小若は戸惑っている。

「構わん。宿場をぶらついてくるゆえ、その間に頼む」

「承知しました。あの、それでお名前は」

「鎧月之介」

「鎧様……ひとつお聞きしても？」

「なんだ」

「旅の御方《おかた》にも見えませんが、ここへは何用でお越しに」

「そんなことを聞くのか」

小若はくすっと笑うと、

「いいえ、別によろしいんですけど……つい聞いてみたくなりましたの」

「人を探しにここへきた」

「はい」

「浅草から流れてきた鉄五郎という男を知らんか。芸者風の女と一緒にいるかもしれん」

「さあ……ここは広いですし、人も大勢住んでますからねえ」

小若が首をかしげる。

「そうか」

それだけ言って、月之介はまたふらりと出て行った。

そこへ二階から若い女中のお仲《なか》が下りてきて、詮索好きの顔で探るように見廻し、

「女将さん、お客さんでしたか」

「ええ、お武家様がお一人、ひょっこりお見えになって」

宿場をぶらついてお戻りになったら、紅葉《もみじ》の間へ通しておくれと言ったところへ、また客が入ってきた。

それは旅姿の中年の町人夫婦で、亭主は菅笠《すげがさ》を被り、肥後木綿《ひごもめん》の半合羽《はんがっぱ》に道中差《どうちゆうざし》、それに羅紗《らしや》の柄袋をかけている。下は股引《ももひき》、脚絆《きやはん》に草鞋《わらじ》履き、着物の裾を端折《はしよ》って足運びを楽にしている。そして肩にはふり分けの道中荷だ。

女房の方は埃よけの手拭いを頭から被り、勾配《こうばい》のゆるやかな菅笠を手に持っている。手っ甲《てっこう》、脚絆が旅の凜々《りり》しさを感じさせ、女の旅人の決まりものの白足袋《しろたび》を履いている。亭主とおなじように、着物は足運びのいいように裾短に着ている。

だがその女房の顔色が冴えないようで、亭主が庇うようにしている。

応対する小若とお仲に、亭主が困ったような表情を向けて、

「女房が躰が弱いもので、日本橋からここへくるまでにもうへたばっちまいました。持病の癪《しゃく》もあるものですから、二、三日ここに逗留《とうりゅう》して、それから日光道へ参ろうかと」

お仲が女房の世話をして框《かまち》に座らせ、小若もにわかにばたばたとして、

「まあ、それはお困りでございましょう。ゆるりとお休み下さいませ」

二人を受け入れる支度を始めた。

「おい、親切なお宿でよかったな」

亭主が言えば、女房も安堵の顔でうなずいて、

「とても助かりました。おまえさん、いつも難儀をかけてすまないねえ」

「何を言うんだ、まだ道中は長いんだよ」

善良そうで仲睦《なかむつ》まじい様子のその夫婦者は、石丸隼人と白縫である。

六

月之介は宿場の大通りを歩きながら、すでに異常なものを感知していた。

大通りには旅人、及び宿場住人の生活必需品を売る店々がぎっしり並んでいて、人で賑わっている。

だがそういう善男善女は月之介の目には留まらず、浪人や裸人足、馬喰《ばくろう》たちのなかに常とは異なる人種がいて、それらに向けて月之介は気障りな視線を走らせた。

彼らは偽装、仮の姿と、月之介は看破したのだ。この男独特の、獣の勘のようなものである。

なぜそんな異質な人種が、大勢この宿場に入りこんでいるのか。

月之介はそれには当たりをつけていて、神坂乙三郎から聞かされた大目付の一件ではないかと、推測していた。つまり彼らは幕府の手の者なのだ。

しかし彼らは旗本や御家人の化けたものとは明らかに違い、また五番方の幕臣がまさか裸人足になるとも思えず、その正体は不明である。

いずれにしてもそのことは無関係と思っているから、おのれの目的に沿って動くことにした。

猫千代とちゃら平に頼まれた、蝮の鉄五郎と染奴探しである。

問屋場、貫目改《かんめあらた》め所《しょ》を通り過ぎ、町辻に屯《たむろ》している駕籠《かご》舁きたちの所へ行き、鉄五郎のことをさり気なく尋ね歩いた。

「お尋ねの奴かどうか知りやせんが、やけに江戸の風を吹かす気にくわねえ野郎が一人おりやすぜ」

駕籠舁きの一人がそう証言し、その気にくわない男は石屋の親方の賭場でいつもとぐろを巻いていると明かした。

そして賭場は、暮れ六つ（六時）からご開帳だとも教えられた。

一旦、「茜屋」へ戻ると、女中のお仲に二階の一室へ案内された。

この時、小若は帳場にいて算盤《そろばん》を弾いて帳づけをしていたが、月之介を見ると愛想を見せて、

「この宿場は初めてでございますか」

と聞いてきた。

「そうだ」

月之介がぶっきら棒に答える。

それから小若が宿場の感想を聞くから、これほど盛んだとは思わなかったと、月之介は当たらず触らずのことを言っておき、お仲について二階へ上がった。

小若のことについては、月之介はなんとも判断がつかずにいた。鄙《ひな》には稀な美形と思うが、そんな女がどうしてこんな宿外れで旅籠の女将に納まっているのか、そういうことは月之介の理解を越えた。曰《いわ》くのありそうな女にはかならず、人に言えない事情があるものだ。そこを踏み越えるつもりはなかった。

「こちらでございます」

お仲が紅葉の間を開け、入ろうとした月之介が視線を感じてすっと目を走らせた。

隣室から躰半分を出した若い男が、月之介へばつの悪そうな会釈をしておき、お仲に目顔でうなずいた。

「わかってますよ、伝助さん。膏薬《こうやく》が切れたんでしょ」

「そうなんだ、ひとっ走り頼むぜ」

そう言う伝助と呼ばれた若者は、小槌才蔵である。

才蔵の左足首には晒《さら》し木綿が巻かれてあった。

月之介が入室すると、お仲は座布団を出したり茶を淹《い》れたりして世話をしながら、

「お隣りさんは飛脚屋さんなんですけどね、道中で足を怪我して仕方なくここに

逗留してるんです。荷物を無事に届けた後の戻りだったから、不幸中の幸いだって言ってました」

問わず語りに月之介に明かした。

「静かだが、ほかにも泊まり客はいるのか」

「へえ、楓《かえで》の間にご夫婦者が。そちらはおかみさんが癪の持病持ちみたいで、それが治まるまで逗留するって言ってました。お二人ともとってももの静かで、いるかいないかわからないような人たちなんです」

そう言って立つと、戸口でふり返り、

「あ、そうそう、お武家様はいつまでおられますか」

「長逗留のつもりはない。尋ね人さえ見つかれば、明日にでも発つぞ」

「そうですか。女将さんにそのように伝えときます」

お仲が去っても、月之介の胸は何やらざわついていた。

それは先ほど見かけた、伝助という若者のことだった。

（あれは町人ではないぞ……）

その不可思議な思いに囚《とら》われていたのである。

七

壺ふりがぱっと壺を開けると、すかさず中盆が賽《さい》の目を読んだ。

「ぴんぞろの丁」

たちまち賭場に悲喜が入り混ざり、ざわめきが湧き起こった。人いきれと紫煙と、酒の匂いが充満している。客は宿場の商人や近在の百姓、村人たちだ。

掻き棒が駒札を掻き集め、それが蝮の鉄五郎の前へ寄せられた。

大勝ちである。

鉄五郎は笑いがこみ上げそうなのをぐっと怺《こら》え、駒札を両手に抱えると帳場へ行き、胴元の石屋の親方に換金を頼んだ。

駒札が小判に化ける間ももどかしく、鉄五郎は腰をそわそわと浮かしている。

蝮の鉄五郎とは名ばかりで、小柄でいかにも考えの足りない顔をしていた。三十は過ぎているのにとてもそうは見えず、目に落ち着きがなく、しかも粗暴そうで吹けば飛ぶような男である。

やがて数枚の小判を手にすると、一両を親方に心づけだと言って返納し、意気揚々と石屋の家を出た。

帰る道すがらも足が地につかず、声高に唄までとび出した。勝ったり負けたり、これまでにもくり返されてきたことだが、負けた日のことはきれいさっぱり忘れるのが鉄五郎の信条だった。

だが気は大きくなったものの、根は小心だから、後ろからついてくる足音にぎょっとなってふり向いた。

侍の影がちらっと見えたが、それはすぐに横切って消えた。


鉄五郎は宿場の裏通りの、金比羅社《こんぴらしゃ》の離れの家を借りていた。

家のなかから煌々《こうこう》と灯が漏れている。

油障子を開けてなかへ入ると、座敷で情婦の染奴が立て膝で酒を飲んでいた。

「首尾はどうだったい」

染奴が伝法な口調で言う。

男好きのする顔立ちで色気はあるが、目に険《けん》があり、性根の悪さのようなものを感じさせる女だ。

「大勝ちよ。明日はおめえ、うめえもんをたらふく食おうぜ」

博奕《ばくち》で稼いだ金を、染奴の前に並べてみせた。

「ふん、今まで大損してきたからね、これっぽっちじゃうまいものは食えないよ」

手早く小判を掻き集め、自分の座っている座布団の下へしまいこんだ。

「おめえにゃかなわねえな、すっかり嬶《かか》ァ天下《でんか》だもんな」

「おまえさんみたいな軽い男は、あたしのようなしっかり者がついていて丁度いいのさ」

「けへへ、言ってくれるね、軽い男かよ」

鉄五郎が染奴の前に座り、そこで二人は差し向かいで酒を飲み始めた。

そこへいきなり月之介が踏みこんできた。

「な、なんだ、てめえは」

仰天しておたつく鉄五郎の胸ぐらを取り、月之介がものも言わずにその顔面に鉄拳を炸裂させた。それを何度もみまわせる。

「ぐわあっ」

鉄五郎が顔を血だらけにして転げ廻った。

「ひいっ、おまえさん、誰なんだい」

叫んで逃げかかる染奴にも躍りかかり、月之介は引き倒してその頬をつづけざまに張りとばした。

二人が呻《うめ》き、叫び、恐慌をきたしてへたりこんだ。

「染奴というのはおまえだな」

染奴は憎悪の目で月之介を睨《にら》むと、

「なんなのさ、あんたは。いったいどっから湧いてきやがったんだい」

肩で荒い息をしながら悪態をついた。

「ちゃら平から騙し取った金を寄こせ。それを取り戻しにきた」

「そ、そんな金、もうないよ。それにあれは騙し取ったんじゃない、ちゃら平があたしに貢いだ金なんだ。だから返す必要なんて」

また染奴が張りとばされ、壁際まで吹っ飛んだ。髷の元結《もとゆい》が外れてざんばらになる。

こういう手合いに容赦はなく、月之介は問答無用に打擲《ちょうちゃく》を加えることにしている。

「畜生、この野郎」

鉄五郎が背後から月之介に組みつくが、難なく手首をねじ上げられ、悲鳴を上げてのけ反った。手首の痛みに海老《えび》のように躰を折り曲げ、泪を流してうずくまる。

「おまえたちの御託など聞く耳持たぬ。家中の金を掻き集めてここへ出せ」

染奴が月之介の剣幕に圧倒され、簞笥《たんす》のなかから有り金を取り出し、それにたった今鉄五郎が博奕で稼いだ金を合わせて、おずおずと差し出した。

月之介が借金取りよろしく金を数え、

「十両では話にならんな。残りの二十両をどうする。払えなくば、二人とも雁首《がんくび》揃えてお上へ突き出すぞ」

染奴が慌てて、膝ですり寄り、

「待っとくれ、そんなことされたらたまらないよ。いいことがあるんだ。おまえさんしだいで金になる法があるよ」

「おい、何言い出すんだ、おめえ。まさかあの話を……」

鉄五郎が含んだ目で、染奴を止めようとする。

「仕方ないだろう、今ここでお上に突き出されたらあたしたちはおしゃかなんだ」

「けど、おめえ」

「背に腹は替えらんないよ」

染奴が鉄五郎に怒鳴った。

「おれしだいとはどういうことだ」

月之介が突き放す目で染奴を見た。

「実はあたしは見ちまったんだ」

「何を見た」

「二日前のことだけど、飛脚の若いのがこの先の金蔵寺の境内《けいだい》で裸人足二人を相手に喧嘩をしていて、そのうち刃物が出て殺し合いにまでなったのさ。ところが飛脚はやけに強くって、人足二人を殺しちまった。だけど飛脚の方も怪我を負ったらしくって、足首を斬られて逃げてったよ。あたしはすぐに後をつけて、飛脚が宿外れの茜屋ってえ旅籠に入るのを見届けたんだ。それでそこに隠れてずっと養生しているようだ。今日も様子を確かめに行ったけど、疵口《きずぐち》に晒しを巻いてる姿をこの目で見たよ」

「……」

月之介は何も言わずに耳を傾けている。

その飛脚が伝助と呼ばれた若者で、裸人足らも町人ではないとわかっているから、月之介の思いは謎に満ちていた。双方の争いが喧嘩などではないことも察しがついていた。

染奴がつづけて、

「それであたしとこの人とであれこれ策を練ってね、飛脚をゆすってやろうって考えたのさ。飛脚の若造が金を持ってないのはわかってるけど、大金を運ぶ仕事の時にそれをくすねるように仕向けてやろうと思ったんだ。人を二人も殺してるんだよ、これほどの弱みはないじゃないか。だからさ――」

そこで染奴は強欲な目を光らせ、

「おまえさんにもひと口乗せてやるよ。ゆすりの金が手に入ったら山分けといこうじゃないか。残りの二十両をそれで払うってのはどうだい」

「……」

月之介は冷笑を浮かべ、十両をふところにねじこむとすっと席を立ち、

「ゆすりはおまえたちで勝手にやるのだな。おれは残金ができるのを待っている」

「手を組まないってのかい」

染奴が目にきりきりと険を立てた。

「ちなみに言うと、おれもその茜屋に逗留している。金ができたら持ってこい」

「な、なんだってえ……」

月之介がさっと出て行った。

染奴は混乱しながら、

「どうして今の男が茜屋に……ああっ、あたしゃ何がなんだかわからなくなってきたよ」

「おい、それより金をどうやって作るんだ」

「さっさとゆすっといで、おまえさんが」

鉄五郎は臆病風が吹いて、

「つ、強えんだろうな、飛脚の野郎は」

「はん、蝮の鉄五郎様が情けないこと言うんじゃないよ。金を作らなくちゃあたしたちはお牢に入れられちまうんだ。もう逃げて暮らすのはまっぴらだからね」

八

「入るぞ」

声をかけ、月之介がずいっと部屋へ入ってきた。

その時、才蔵は左足首の手当てをしていたが、月之介の突然の闖入《ちんにゅう》に少し慌てた。

月之介は傍若無人《ぼうじゃくぶじん》なようにして、その前にどっかと座り、姿勢を正そうとする才蔵に、

「構わん、楽にしていろ」

「へい」

才蔵は片足を投げ出したまま、硬い表情で目を伏せている。

「おまえは飛脚だそうだな」

「左様で」

「その足はどうした」

「どじ踏んじまって、街道の丸木橋に足を取られて川に落ちたんです」

月之介はうす笑いを浮かべている。

才蔵が目を尖らせて、

「何がおかしいので」

「おまえは裸人足と争いになって、そ奴らをぶった斬った。それはその時の疵であろう」

「……」

才蔵の目に一瞬殺気が走った。だが懸命に感情を抑え、

「いってえなんの話か、あっしには……」

「おまえ、何者なのだ」

若者をじっと見て、月之介が言った。

才蔵は答えない。

「おれはこの宿場に借金の取り立てにきただけだが、歩いてみて驚いた。どこもかしこも役人だらけだ。いや、あれは尋常ならざる気配ゆえ、役人などではないな。幕府の目付方とおれは見た」

「お武家様、こんなあっしみてえな飛脚風情に、そんな話をなすってもちんぷんかんぷんですよ。どうかお部屋の方へお引き取り下せえやし」

「正体を明かせ」

「……」

「追いつめられているのか」

「しまいにゃ怒りますぜ、お武家様。こちとら疵を負って気が立ってるんだ」

「気が立っているのはおれもおなじだ。それに公儀の役人というのが大嫌いでな、奴らを見ていると胸がむかつくのだ」

才蔵が動揺を鎮めながら、

「どうかあっしを一人にしてやってくれやせんか」

「いや、得心がゆくまでおれはここを離れんぞ」

「お武家様……」

才蔵が困り果てた。

そこへ助け船が現れた。

不意に小若が、折り畳んだ着物を抱えて入ってきたのだ。

「伝助さん、着物の綻《ほころ》び縫っときましたよ」

月之介の姿に驚いた様子を見せ、

「まあ、鎧様。どうしてここに」

「この男と意気投合したのだ」

月之介がぬけぬけと言ってのけた。

才蔵がむっとした目で月之介を見る。

「それはようございました。でも伝助さんはお怪我をなすってますから、そっとしといて上げた方が。そろそろ晩ご飯ですんで、お部屋でお待ち下さいましな」

「そうか」

月之介がすんなり言って腰を上げ、小若もそれにしたがうように廊下へ出て、

「尋ね人は見つかりましたか」

「いや、どこにいるのか見当もつかんな」

真実を隠し、謎に満ちたこの宿場に留まって、暫し様子を見ることにした。

「もう少し世話になるが構わんか」

「え、ええ……」

「なんだ、迷惑か」

「いえ、そんなことは」

小若がにっこりして、

「どうぞいつまでもご逗留下さいまし」

「おまえはどうしてこの地にいる」

「えっ」

「江戸に近いといっても、街道沿いの埃臭い田舎だ。おまえのような女にはそぐわんぞ」

「あら、お上手でございますこと。おだてても何も出ませんよ」

そう言って、小若は行ってしまった。

紅葉の間へ戻り、月之介は窓を開けて下を見下ろした。

宿場はたそがれて紅灯《こうとう》が灯され、旅籠の客引きが声を嗄《か》らしている。旅人の数も増えてきたようだ。

その人混みの闇の向こうに、何やらおどろおどろしい権謀術数が渦巻いているようで、月之介は思わず目を険しくした。

「これは……」

思わずつぶやきが漏れた。

九

「茜屋」の裏手辺りで、鉄五郎と染奴がうろついていた。

「早く行っといでよ、おまえさん」

「な、なんて言うんだよ。奴ん所に乗りこんで、おめえが人殺しをしたのを見たってえのか。見たのはおめえだぜ」

——人殺しをしたのを見た。

その言葉を、近くの闇で聞き咎《とが》めた人物がいた。

「そんなことはどうだっていいんだよ。おまえさんがこんな意気地なしとは思わなかったね。愛想が尽きるよ。あたしに見限られたくなかったら、さっさと一人で宿屋へ入って行って、飛脚に直談判《じかだんぱん》しといで」

「おい、それよりこのままどっかへ行っちまおうぜ。そうすりゃ済むことじゃねえか」

「逃げ廻るのはご免だって言ったろ」

染奴に睨まれ、鉄五郎が渋々行きかけた。

その前に、ぬっと鉄人のような黒い人影が立った。

二人がぎょっとなっておたつき、怖ろしさを感じて身を寄せ合った。

黒い影は御庭番頭領景山要蔵で、数人の配下をしたがえている。

「聞き捨てならぬことを耳にしたぞ」

鉄五郎と染奴は、景山に呑まれたかのように言葉も出ない。

「どこの誰が人殺しをしたというのだ」

景山の眼光に射竦《いすく》められ、染奴が唇を震わせながら、

「こ、この旅籠に泊まってる飛脚の若造ですよ」

「茜屋」を指して言った。

「その飛脚が誰を殺した」

「そ、それは……」

染奴がたじろいだ。

「見たのはおまえであろう」

「ちょっと、それは。ご勘弁下さい」

逃げ腰になる染奴が、「ひえっ」と悲鳴を上げた。

景山に手首をつかまれ、ねじられたのだ。

「有体に申せ」

染奴は間近で景山を見て、恐怖のどん底に突き落とされた。生まれてこの方、こんな怖ろしい男の目を見たことがなかった。それは深山に棲む獰猛《どうもう》な獣の目だった。

それで染奴はすっかり骨を抜かれて、

「金蔵寺の境内で、飛脚が裸人足二人と喧嘩になって、二人とも刃物で突き殺したんですよ」

その裸人足たちは御庭番の配下であったから、景山の形相がどす黒く歪《ゆが》んだ。

そして配下たちの方へ見返り、

「友部と崎田がわれらを導いたのだ。無念を晴らしてくれと言うことだな」

赤く充血した目で、「茜屋」を突き刺すように見て、そして染奴へ向き直り、

「おまえたちは何者だ」

「い、いいえ、あたしらは浅草から流れてきたもので、なんの関わりも……」

染奴が逃げ道を探しながら言った。

これからその飛脚をゆすりに行くのだとは、とても言えなかった。

「そうか」

景山がいきなり脇差を抜き、染奴の腹を刺した。

「ああっ」

染奴は一発で仕留められ、ずるずると崩れ落ちた。

同時に鉄五郎が悲鳴を上げ、一目散に逃げ出した。

それを配下の数人が猛然と追って行く。

景山は脇差の血を懐紙で拭い、鞘に納めると、

「骸《むくろ》二つはわからぬように始末しておけ」

残った配下に下命した。

口封じ――それが公儀御庭番の鉄則であった。

「いよいよ戦になるぞ。屍《しかばね》を乗り越えて生きるは庭番の定め。希むところであ

るな」

冷酷な笑みで、景山がひとりごちた。

十

問屋場の前に夜鳴《よな》き蕎麦《そば》の屋台が店を出していて、馬方が二人、床几にかけて蕎麦を食べていた。

もう夜の五つ（八時）になっていたから、旅籠の客引きの喧騒も鎮まり、大通りはひっそりとしている。

びゅう。

風もないのに突風が吹いたようで、馬方の一人が思わず辺りを見廻した。

だが人影などはどこにもない。

「妙だな……」

相方がどうしたと聞くから、

「誰かが走り抜けてったような気がしたんだよ」

「そんな馬鹿な……誰もいねえじゃねえか」

相方が笑って、壮烈に蕎麦を啜《すす》った。

暗がりから暗がりを、石丸隼人は駆け抜けていた。

黒装束に身を包み、顔を鍋墨で塗り潰している。その姿は闇に溶け、誰の目にも映らない。

隼人は焦っていた。

巧妙に江戸城から脱出し、小槌才蔵、白縫と一旦は別れ、隼人は西両国に数日潜伏した後、下谷、浅草を経て千住宿へ辿り着いた。そこで二人と落ち合うことになっていた。

千住宿に留まらず、一気に奥州街道へ踏み出していればよかったものの、だが思わぬ伏兵に襲われた。

おなじ頃に宿場に入った才蔵が、二人の御庭番に見つかり、闘いとなって怪我を負ってしまったのだ。

それで「茜屋」へ逃げこんだのだが、事態は日を追うごとに悪化し、宿場に大人数の御庭番が入りこんできた。それらは浪人、裸人足、馬喰に姿を変え、昼夜の別なく目を光らせている。

蟻の這い出る隙もないようで、宿場からの脱出は不可能にさえ思えてきた。

（こうしてはいられない、突破口を見つけださねば……）

焦燥は募るほどにものを見えなくするから、それが一番の敵だった。

しかしそれがわかっていながら、考えることはこの閉塞された状況から抜け出すことばかりだ。

さらに隼人は、宿場の裏通りを探索した。

女郎屋の賑わいは表ほどではなく、人影は見えず、女郎の嬌声だけが聞こえている。

この裏通りをどこまでも行けば、宿場を抜けられる。引き返して逃げを打とう。

そう踏んだとたん、隼人が危険を感じてすばやく物陰に隠れた。

浪人姿の御庭番が三人、前方の横手から現れたのだ。

三人は辺りに鋭い目を走らせている。

（そうはいかないのだな）

隼人がじりっと後退を始めた。

それが後ろ向きだったので、そこに立つ景山にはすぐに気づかなかった。

あっと気づいた時には、腹に景山の脇差が刺しこまれていた。

「うっ」

火のような痛みを感じながらも、隼人は道中差を抜いた。

烈しく睨み合い、対峙《たいじ》した。

その周りにうじ虫が湧き出るように、御庭番たちが集まってきて取り囲んだ。

「お早の者だな、貴様」

叩きつけるような景山の声だ。

隼人は無言だ。

腹からの出血が止めどなかった。

「お城より盗みし文書はどこへやった。焚《た》きつけたか、まだ掌中にあるのか。返答せい」

隼人は唇を引き結び、その目は必死で退路を探している。

「まっ、言うはずもないか」

ぼそっと言うや、景山が脇差を放り投げ、大刀を抜いて手練の早業で隼人を一刀両断にした。

血飛沫《ちしぶき》のなかで、隼人が倒れて息絶えた。

「残るは男一人、女が一人――夜討ちをかけて一気にかたをつけるぞ」

景山が配下たちへ下知した。

四半刻（三十分）後——。

おなじ道を月之介がふらりとやってきた時には、隼人の骸はすでに片づけられていた。

隼人とおなじように、月之介も宿場の様子を探っていたのだ。

だが月之介の五感は血の臭いを感じ取っていて、その元を探る目で辺りを見廻した。

足許がぬるっとした何かに触れた。

「……」

身を屈め、血溜まりを指で掬《すく》い取った。

月明りに照らされた指先のそれを見て、月之介の形相が怖ろしいものに一変した。

十一

「茜屋」の楓の間で、白縫は不安に身を揉んでいた。

帰らぬ隼人を待ち、その心は狂おしいほどに焦がれていた。

するとそこへ、音もなく才蔵が忍びこんできた。

二人が切迫した視線を絡ませ合う。

「才蔵殿、隼人殿は」

白縫の問いに、才蔵はかぶりをふって、

「どこにもおらぬ」

「もう一刻になるのですよ」

「御庭番に見つかったか、それで逃げてここへ寄りつけないのか……いずれにしても、悪いことばかりが頭をもたげてならん」

苛立ちながら、才蔵が腕を組んだ。

その時、廊下を足音が近づいてきた。

二人がさっと見交わし、たがいにふところの小刀を握りしめた。

のっそりと、月之介が入ってきた。

才蔵と白縫が一瞬困惑の表情になる。

「仲間は殺されたようだぞ」

そう言って、月之介が二人の間に座った。

たちまち衝撃が走ったが、とっさに言葉が浮かばず、才蔵と白縫は無言でいる。


「おまえたちは、江戸城に忍び入った賊どもであろう」

月之介が決めつけた。

二人の反応はない。

「公儀御庭番が血眼になるのは当然だな。悪いのはおまえたちの方なのだ」

二人はその存在すら消しているようだ。

「江戸城から何を盗み出した。それをおれに明かせ」

白縫がきっとした目を上げ、武家言葉に改まると、

「見知らぬご貴殿に、なぜそのようなことを明かさねばなりませぬか」

「ふん、確かにおまえの言う通りだ」

月之介はふところ手になり、そこから片腕を出して顎の辺りを撫でながら、

「おれ自身も迷っている。おまえたちの敵になるか、味方になるか……」

探るような視線を二人へ向けた。

才蔵も覚悟をつけ、武家言葉になって、

「われらは尋常な者にあらず、武士であって武士ではないのです」

「忍びか」

ずばり、月之介が言った。

才蔵が白縫と見交わし、首肯して、

「われらはある密命をもって江戸城に忍び入りました。されど武士の情け、一切を不問にして頂きたい。藩名も役儀も明かすわけには参らんのです」

月之介が舌打ちして、

「それでは話になるまい。おれはどう動けばよいのだ」

すると白縫が進み出て、

「ご助勢は無用に願います。この危難、余人を頼まずにわれらだけで切り抜ける所存でおりますれば」

「おい、仲間がすでにやられてるんだぞ。痩せ我慢はよせ。公儀の奴らは情け容赦がないのだ」

「わかっております。されどわれらとておめおめとは……」

才蔵が必死の目で言った。

月之介がまた舌打ちをして、

「そんなたわけたことを言っている時ではあるまい。目の前に危難は迫っている。敵は今にもここへ攻めこんでくるかもしれんのだ」

才蔵と白縫が押し黙った。

二人の苛立ちが乗り移ったかのように、月之介がぎりぎりと切歯《せっし》した。その目がさっと流れた。

小若が静かに入ってきた。

「女将……」

つぶやき、月之介がとっさに才蔵と白縫を見た。

二人は小若に向かい、叩頭《こうとう》している。

それを見た月之介が察しをつけた。

「そうか。女将はこの二人の上に立つ上忍《じょうにん》なのだな」

小若は涼やかな目で月之介を見ると、はんなりとしてうなずき、

「鎧様が何ゆえわれらのお味方について下さるのか、まずはその本意をお聞かせ下さりませ」

「待て。まだ味方をするとは言ってないぞ」

「いいえ、鎧様のお気持ちはわれらに傾いておりましょう」

「ふん」

月之介が照れ臭いような笑みになり、

「見透かされていたらやむを得ん。おれは元より、公儀に味方するつもりなどない」

「公儀に意趣でもおありなのですか」

「ある、大いにな。永遠に尽きせぬ怨みを抱いている」

「まあ……」

「しかしそれとこれとは別だ。どうだ、事の顚末《てんまつ》をおれに明かせ」

「……」

「それを知らずば、助けてやることはできんぞ」

その時、家の周辺を無数の足音が走り廻る音がした。

小若、才蔵、白縫の顔に一触即発の緊張がみなぎった。

月之介は泰然として、三人の反応を窺っている。

やがて小若が月之介へ向かい、そっと頭を下げ、

「お話し致します」

と言った。

才蔵と白縫が波立った。

小若はそれを目顔で制して、

「われらの身分は、南部盛岡藩に召し抱えられしお早の者にございます」

「お早の者……」

「遠き戦国の御世より、われら一族は南部家に仕えて参りました」

「ふむ」

「藩祖信直《のぶなお》公は鎌倉御家人の系譜を引く御方にて、豊太閤様《ほうたいこう》より御朱印状《ごしゅいんじょう》を安堵《あんど》され、南部内七郡を任せられたと聞き及びます。そして戦乱を生き抜き、徳川殿の御世になっても本領がそのままさらに安堵され、つつがなく今に至っております」

「南部家は外様《とざま》として、うまく生きてきたのだな」

「御意。盛岡藩は国替えもなく、南部のお家ひと筋で貫いて参りました」

月之介がぐっと膝を詰め、

「しかし、何があった」

「はい……」

小若が眉目を曇らせた。

才蔵、白縫も重い表情になって下を向く。

「只今の十一代利敬《としたか》様になられて、とんでもないことが……」

「どうした」

「利敬様には、大御所利雄《としかつ》様の御側室美知《みち》の方様からお生まれになられた、新五《しんご》郎《ろう》様と申す腹違いの弟君がおられました。この御方は生まれついてより粗暴で行いが悪く、度々藩庁を困らせていたのです」

月之介が溜息を吐《つ》いて、

「どこの藩にも、そういう困った身内の一人や二人はいるものなのだな」

小若は目許に憂いを浮かべ、

「新五郎様は特に度を越され、事あるごとに利敬様に楯を突かれ、手を焼かせておりました。なんの落ち度もなく斬り殺された者たちは、男女の別なく、何人にも及びます」

「その弟君が、何か仕出かしたのか」

「はい。新五郎様は家中の反乱分子をまとめ上げ、あろうことか利敬様の暗殺を企てたのです」

「なんということだ……」

月之介が暗然とした表情になる。

「されど謀叛《むほん》はすぐに発覚し、一派は断罪に処せられたのです」

「弟君はどうした」

小若が辛い目を伏せ、

「利敬様が泪を呑んで、やむなくご成敗《せいばい》なされました」

「ふむ、それで」

「ところが新五郎様が書かれし斬奸状《ざんかんじょう》なるものが存在し、それが公儀隠密の手に渡ったのです」

月之介が苦渋を浮かべ、

「……なるほど、そういうことか。公儀が斬奸状を手にすれば、お取り潰しの恰好の名目になるは必定だ。それが現実になる前に大目付の手許から取り戻せと、そういうことになったのだな」

「名は申し上げられませぬが、ご重職の一人から斬奸状奪還の命が下され、それゆえわれらが身命を賭《と》することになったのです」

「その斬奸状はどうした」

「……」

小若が才蔵、白縫と見交わし合った。

「焚きつけたか」

「いいえ、未だわれらの手に。斬奸状をどうこうする指図はございませんでしたので、国表まで持って参るつもりでおりました」

「見せてみろ」

小若が白縫に目でうながした。

白縫は少しの間逡巡していたが、やがて道中荷を引き寄せて蓋を開けた。なかから油紙に包まれた文書を取り出す。

その文書を、白縫は怨念のような目で見ながら、

「たった一通のこれを取り戻すためにふた月も要し、隼人殿、才蔵殿の三人で江戸城に潜伏致し、隠れ住んでおりました。あの日々のことは今もこの胸に……」

「有体に聞くが、おまえたちは江戸城のどこにいたのだ」

月之介が問うた。

「吹き上げのお庭の奥深くにございます。鳥や狐狸の類と共存致し、飢えた日は蛇を食ろうたこともございました」

白縫が慙愧《ざんき》に堪えぬ面持ちで言った。

「白縫、ご苦労でした」

「はい」

小若が白縫の手から文書を取り、月之介に差し出した。

月之介は即座に文書を読破し、みるみる腹立たしげな顔になると、その場で粉々に引き裂いた。

三人は息を呑んで月之介を見ている。

「皆はこの中身を見たことがあるのか」

「いいえ、見ることは禁じられておりましたゆえ……」

小若が答える。

「ふん、実にくだらん。こんなものがあるから災いの元になるのだ。利敬殿の悪政に対抗し、新五郎君がそれに取って代ろうと、都合のいいことがうだうだと書き連ねてある。仮に暗殺に成功していたら、盛岡藩の明日はなかったぞ」

「まあ、そのような……申しておきますが、利敬様はよき政治をなされておられます」

小若が言い、才蔵もうなずいて、

「新五郎様はひどくご乱心なされていたのです」

「そうとしか思えんな。罰せられてしかるべきだ」

そう言うと、三人を見廻し、

「これで斬奸状のけりはついた。おまえたちは国表へ戻らねばならんのであろう」

「はい」

小若がひたむきな目を向け、

「ご重職方が首を長くしてお待ちなのでございます。このままわれらが屍と化せば、首尾がわからぬまま、公儀の影に怯えていなければなりませぬ。いえ、ご重職方よりも、殿にこのことを早くお伝えせねば」

月之介が強い目でうなずき、

「わかった。おれが楯になり、おまえたちを逃がしてやるぞ。仲間の一人は気の毒だったが、三人で無事に帰参しろ」

「鎧様」

小若が目頭を潤ませた。

月之介が肩を揺すって笑い、

「よせよせ。忍びに泪は似合わんぞ」

「いいえ、あなた様のお心が嬉しくて……それにしても、なぜわれらのためにそのような……われらは所詮身分卑しき忍びでございます」

「おれのなかにそんなものはない。浮世はすべて人と人だ。それで成り立っている。藩のため、身命を賭したおまえたちの熱情に打たれたのだ。たとえそれがなんであれ、命をもかける人間を支えたくなるのは人情であろうが」

「それは恐縮でございますが、あなた様も命の瀬戸際に立たされるのでございますよ」

「それでよいのだ。おまえたちは知る由もなかろうが、この泰平の世にありながら、おれは幾たびもの戦塵《せんじん》を潜り抜けている。案ずるには及ばぬぞ」

三人は茫然となり、まるで鬼神でも見るかのように月之介を見ていたが、

「鎧様、それではお言葉に甘えてよろしいのですね」

小若が言った。

「ともかくここは逃げ切るのだ。公儀の奴らはおれが塞《せ》き止める。いや、しかしこのままでは気掛かりだ。おまえたちの無事な姿が見たい」

「では明け六つ（六時）に、戸田の渡しで落ち合いましょう。そこで改めてお礼を」

小若が切ない顔で言った。

「そんなことはいい。わかった。行け」

「はい」

小若が答えて、才蔵、白縫をうながした。

去り際に小若がふっと立ち止まり、束の間だが月之介をじっと見た。

「どうした、早く行け」

「……」

小若の目には不思議な哀感が漂っていた。

（この人にもう会えないかもしれない）

そんな気がしたのだ。

また会いたいという気持ちになった。

こんな戦国武者のような男には、二度と会えないと思った。遠い戦雲の昔から、小若のなかに受け継がれた忍びの血が騒いでいた。この男を大将に仰ぎ、戦場を駆けめぐりたい衝動に駆られた。この男のためなら、女忍として死ねると思った。

短い間だったが、思慕の念さえ芽生えていた。いや、それより敬う気持ちの方が強かった。

「ご武運を、お祈りします」

目に万感の思いを籠め、小若は月之介に別れを告げた。そして消えた。

そこは忍者だから、三人は音もなく部屋を忍び出て、一切の足音を立てずにいずこへか立ち去った。

月之介は一人になると、おのれの胸底から沸々《ふつふつ》と闘魂が燃え滾《たぎ》ってくるのを感じた。

物音は一切聞こえないが、不穏な空気がこの家全体を包囲しているのがわかる。

(血に飢えた亡者どもめ)

胸の内で吐き捨て、きりりと鉢巻をした。そして手早く襷《たすき》をかけ、利き腕の片袖を引きちぎった。太い片腕が剝き出しになる。それは動き易く、自由に刀を扱うためで、闘いに馴れた者の戦闘準備である。

次いで月之介は階下へ下り、台所へ行って徳利《とつくり》を取るとその口を開け、ぎらりとそぼろ助広を抜いた。酒を口に含ませ、白刃に向けてそれを勢いよく噴霧する。

刀身に酒がたらたらと流れ、妖刀のような輝きを帯びてきた。

(公儀の犬ども、骨が舎利《しやり》になるまで闘ってみせようぞ)

だんっ。

その時、大八車が突入してきて、表戸が破壊された。

先陣を切ってとびこんできたのは、景山要蔵だ。

その背後に無数の配下がひしめいている。

月之介と景山の視線が火花を散らせてぶつかった。

景山は予想外の月之介の姿に、一瞬虚を衝かれたようになり、

「何奴だ、貴様は」

「おまえが頭目か。これより先は一歩も行かせぬ。腹を据えてかかって参れ」

「お早の者とは思えぬが、命を投げうつ覚悟はあるようだな。身のほどを知らぬ愚か者めが。容赦はせぬぞ」

景山が冷笑しながら吠え立て、鋭く配下たちにうながすと、おのれはすばやく身を引いた。

浪人、裸人足、馬喰に化けた御庭番たちが抜刀し、怒号を浴びせて怒濤《どとう》の如く襲ってきた。

そぼろ助広が凶暴に閃き、先頭の一人が脳天から斬り裂かれた。

「ぎゃあっ」

血祭りに挙げられた者の断末魔の絶叫が、男たちを狂気へと走らせた。
目を血走らせた数人が突進してきた。
月之介が袈裟《けさ》斬りにし、横胴を払い、急所を刺し貫く。
剝き出しにされた月之介の片腕が、壮烈に返り血を浴びた。
修羅場はたちまち血の海だ。
月之介が不意に身をひるがえし、階段を駆け上がった。
配下たちがどどっとそれを追う。
だが廊下に月之介の姿はない。
数人が油断なく刀を構え、辺りを探った。
ぱっと一室を開けるが、無人である。
不気味な静寂だ。
どこにも月之介の気配はない。
数人が無言で見交わし、部屋を次々に開け放っていく。
一人が何かを感じ、ぎょっとしてふり向いた。
そこに月之介が立っていた。
しかし時すでに遅く、その一人は真っ向から唐竹割《からたけわ》りに斬り裂かれた。

「ぐえっ」
血達磨《ちだるま》となった男が悶絶して果てた。
残った数人が牙を剝いて襲撃した。
狭い室内だから月之介は刀を短く使い、ふり廻さず、突きに徹する。
腹を、首筋を刺され、男たちが次々に倒れ伏した。
さらに階段を駆け上がってくる無数の足音がした。
月之介が身をひるがえし、窓から屋根へとび出した。抜き身をぶら下げたま
ま、瓦《かわら》を踏んでひた走る。それを新たな手勢がしゃかりきで追った。
ざーっ。
突然、滝のような雨が降ってきた。
稲妻《いなずま》も光った。
屋根の陰に身を伏せた月之介が、先頭の男の足を狙い、剣先で腱《けん》を斬った。
不意をくらったその男は、叫び声を上げながら落下して行った。
そして月之介は屋根上に立ち上がり、そこで二人を一瞬で斬り伏せた。
すかさず向きを変え、隣家の屋根に飛び移った。
下方を黒い群れがそれを追って移動する。

地上に下りたら地獄だ。
屋根から屋根へ、月之介が身軽に飛び移って行く。
瓦は雨に濡れ、ぬるぬると滑った。
夜空が稲妻に引き裂かれた。
雨はさらに烈しくなった。
月之介が一軒の家の二階窓からなかへ押し入った。
数人がすかさずその家へ雪崩《なだ》れこむ。
だがそこは空家で商家らしく、人けはなかった。
一階から二階へ、数人が月之介を血眼で探し廻った。
裏手から大きな雨音がした。
全員がそこへ殺到すると、勝手戸が開け放しになっていて、雨が吹きこんでいた。
数人が月之介を追ってとび出して行った。
しかし月之介は、店土間の天井にそぼろ助広を口にくわえ、張りついていた。
頃合いを見計らい、舞い降りた。
土間伝いに行き、水瓶《みずがめ》の水を手で掬《すく》い、喉を鳴らせて飲んだ。

ふっと気づくと、片袖の手首に血が流れていた。

袖をまくり上げ、疵口を調べる。知らぬ間に疵を負っていたのだ。驚きはなかった。戦場においては多々あることだった。ふところから手拭いを引き抜き、片方を口にくわえて疵口を片手で縛りつけ、血止めをした。

そしてそぼろ助広を鞘に納め、裏手から油断なく雨の表へ出た。

稲妻の閃光が走り、そこに立つ景山要蔵をくっきりと照らし出した。

月之介の面上に不敵な笑みが浮かんだ。

「くその役にも立たぬ手下を持つと苦労するとみえるな。これだけの時を要しながら、鼠《ねずみ》一匹殺せんようだ」

「ほざくな、痩せ浪人が。命をはかなくする前に聞いておきたい。何ゆえあの下郎どもに加担するのだ」

「幕府の禄《ろく》を食《は》み、のうのうと泰平の世に生き永らえる貴様のような輩《やから》には所詮わかるまい。おれは戦国の世から絶えぬ血筋というのが好きなのだ。負け戦とわかっていても、主君のために命を投げ出す者たちこそ武士道の本懐と思うぞ。公儀の側に立つおまえたちはその心根を忘れておろう」

「ふん、思った通りの大馬鹿者よの。判官贔屓《はんかんびいき》のつもりやもしれぬが、そんなものは時代後れなのだ。それよりどうだ、こっちへ寝返らぬか。さすれば大目付殿に言上し、思いのままの褒美《ほうび》を取らせてやるぞ。痩せ浪人にとっては干天《かんてん》の慈雨《じう》ではないか。下郎どもにいくら加担しても一文にもなるまい」

「腐りきった外道とは貴様のことだ。さあ、斬りつけてこい。相手になってやる」

月之介がそぼろ助広を抜いた。

同時に景山も抜刀し、二人は烈しく対峙した。

また稲妻が光った。

うようよと配下たちが集まってきた。

「とおっ」

裂帛《れっぱく》の気合で景山が斬りこんだ。

月之介がその白刃をがっぷり受け止め、間近で双方が睨み合った。

景山は歯噛《はが》みをしながら、

「ええい、何をしている。こ奴を斬れ、斬って捨てい」

配下に怒鳴った。

数人が背後から襲った。

景山の刃を弾きとばしておき、月之介が数人に応戦した。

たちまち三人が斬り伏せられた。

さらに襲いくる数人を蹴散らせ、月之介が身をひるがえした。

「逃がすな、追え」

景山の下知が飛んだ。

豪雨が見る間に月之介の姿を見えなくした。

再び稲妻が光ると、もうどこにも月之介はいなかった。

十二

払暁《ふつぎょう》である。

戸田の渡しは一面、朝霧に包まれていた。

雨は上がり、雲は切れ、やがては朝日が降り注ぐような風情だった。暗雲は払《ふっ》拭《しょく》されたのに違いない。

渡し場にぽつんと一人、小若が立っていた。

ほかに余人の姿はなかった。

霧を払い、月之介が現れた。

小若が明眸を向けた。

「鎧様……」

「あとの二人はどうした」

月之介が小若を見つめて言った。

「わたくしを逃がすため、二人とも昨夜のうちに落命致しました」

「なんと……」

月之介の顔が無残に歪んだ。

あの飛脚に化けた若者が気に入っていた。

真摯《しんし》で、ひたむきで、お役を全うするその姿には心打たれるものがあった。あの若者をもっと伸ばしてやりたかった。若すぎるその死を、心底惜しいと思った。

「これもわれらの定めなれば……されど鎧様には、なんとお礼を申してよいやら」

「礼なら、おまえを衛って死んでいった者たちに言うのだ。そしておまえは、生きつづけねばならん。国表に立ち戻り、これより藩の守護神となれよ」

「……」

「どうした」

小若がすっと目を上げ、

「お言葉は、胸に沁みて……でもわたくしは……」

「なんだ」

小若が口を噤《つぐ》んだ。

「何を言おうとしたのだ」

「いいえ、もうよいのです」

封印していた女が目覚めたのだとは、とても言えなかった。

小若の女心は千々に乱れていた。

ふわっと霧が動き、悪鬼の形相で景山要蔵が現れた。

配下の姿はなく、一人である。

月之介がゆっくりと向き直った。

景山が吠えた。

「問答無用であるな。貴様を斬り捨て、その屍を乗り越え、女の首を取る」

小若が月之介の背後で身構え、帯に差した守り刀に手をかけた。

月之介が何も言わず、すらりとそぼろ助広を抜いた。

景山も抜き合わせた。

霧がしだいに晴れてきた。

双方は対峙したまま、微動だもしない。

やがて月之介の白刃が静かに下ろされ、下段の構えを取った。

すると景山は中段から右足を一歩後ろに引き、躰を斜めにして剣を右脇にし、剣先を右後方斜めに固定した。そこから刃を外側にして、右脇下からはね上げる脇構えだ。

じりっ、じりっ……。

双方がそのままの構えで同時に接近した。

日が差してきた。

陽光がきらっとそぼろ助広に反射した。

「たあっ」

隙のできた月之介の上体を狙い、景山が攻撃に出た。

月之介が刀を閃かせ、応戦する。

白刃と白刃がぶつかった。

再び離れ、睨み合った。

小若が固唾《かたず》を呑み、食い入るように見入っている。息をすることさえ忘れているかのようだ。

景山が怒号を発し、突進してきた。

月之介が圧倒され、どどっと後退した。

ここを先途と、景山が斬りつける。

「ぐわっ」

だが絶叫を上げたのは景山だった。

隙を衝いた月之介が、袈裟斬りにしたのだ。

景山が仁王立ちし、真っ赤な目で月之介を睨んだ。

「仲間の無念を晴らせ」

月之介にうながされ、小若がすかさず景山にぶつかった。

「かあっ」

小若の守り刀が景山の横腹に食いこんだ。

突き通し、きりきりと肉を抉《えぐ》る。

刃が引き抜かれると、毒々しい血が迸《ほとばし》り出た。

明るい日の光が、草むらの血汐《ちしお》を鮮やかに照らし出す。

どさっ。

景山が倒れ伏し、躰を震わせていたが、やがて息絶えた。みるみる血の海が広がっていく。

共に白刃を納め、月之介と小若が見つめ合った。

「もう会うこともあるまい」

月之介が言った。

小若はうつむいている。

「達者でな」

「……」

月之介が背を向けた。

小若がはっとなり、言葉を口にしかけた。

だが何も言えず、それを呑みこんだ。

月之介の姿が遠ざかって行く。

小若はそれに向かい、手を合わせて拝んでいた。そしてその手の甲に、ぽたぽたと泪が伝い落ちた。その胸は張り裂けそうだった。

追って行って、月之介の胸に縋《すが》りつきたかった。

「……」

断念した。

泪はとめどなく、止まらなかった。

第三話　鬼鬼灯《おにほおずき》

一

南の定廻り同心木村左次馬《きむらさじま》は、屈託のない人柄だからどこへ行っても受けがいい。

役人風を吹かさず、商人、町人らとおなじ目線でものを言い、率直で裏のない男だ。

その日も抱えの岡っ引き弥七《やしち》を引き連れ、市中見廻りの最後に、海賊橋《かいぞくばし》の袂《たもと》にある自身番へ立ち寄った。

自身番は町内自治制ではあるが、町奉行所の監督下におかれていて、定廻り同心や岡っ引きとは密接な関係を持っている。ゆえに役人の出入りは頻繁である。

江戸の初めの頃と比べ、文化《ぶんか》年間のこの頃は人口が増え、町数は千町以上に膨れ上がっている。およそ二町に一軒の割合で自身番があるのだ。

自身番には町内から選ばれた家主二人、店番二人、番人一人が常駐することになっていて、人口統計、人別帳の整理、町内費用の算出などの事務仕事を行っている。

立ち寄るのは定廻り同心だけでなく、町会所掛り同心、赦帳撰要方人別調《しゃちょうせんようかた》べ掛り同心、さらには町年寄や世話役など、様々だ。

その日はもう日暮れということもあって、自身番には家主一人、店番一人だけがいた。

そこで雑談となり、木村は五、六年前に捕えた腰巻泥棒の話を始めた。

腰巻泥棒は今で言えば変態で、女のそれを盗んでは芳《かぐわ》しきその匂いを嗅いで楽しむ輩《やから》である。

しかし木村の捕えた下手人《げしゅにん》は予想外の人物だったので、話に弾みがついた。

「いってえ誰だったんですね、旦那」

二十六の木村より五つ上の弥七が尋ねた。

家主も店番もその先を聞きたがっている。

木村は得意げな表情になると、

「それがおまえ、あろうことか昌平坂《しょうへいざか》学問所の教授方だったんだ。これには参ったよ。昼間は武家の子弟に学問を教えてる立派な先生が、そういう趣味の持ち主だったとはな。役所では全員が開いた口が塞がらなかったよ」

「で、その先生はどうなったんで」

弥七が興味本位に聞く。

「むろん馘《くび》だよ。お内儀も愛想をつかして離縁となっちまった。今はどこでどうしているやら……おれも捕まえてはみたものの、あれは後味が悪かったなあ」

「けど旦那が捕まえなきゃほかの旦那がそうしてたでしょうし、何も旦那が気に病むことはありやせんよ」

家主も賛同して、

「そうですとも。木村様は世のためになることをしなすったんですから」

「うむ、うむ」

木村が冷めた茶を飲み干し、ぼちぼち行くかと弥七に言ったところで、腰高障子がそろそろと開けられ、一人のみすぼらしい男が腰を低くして入ってきた。

その男を見て、木村が雷にでも打たれたような顔になった。

男はぼろぼろの藍微塵《あいみじん》の着物に、すり切れた草履《ぞうり》を履き、不精たらしく月代《さかやき》が伸びかかっている。

丸顔は異様に日焼けして、ぶとんとした太い鼻、そして小さな目はおどおどして落ち着きがない。歳は三十過ぎで、見るからに小心で善良そうである。

それが木村の姿を捉え、入り口の玉砂利に膝を突いた。

「木村様、吾市《ごいち》でごぜえやす」

そんなことはわかっているから、木村は何も言わないでいる。日頃は快活に誰にでも話しかける木村だが、この時ばかりはどうしたものか無口になってしまった。

弥七は木村とは三年前からのつき合いで、吾市と名乗るその男のことは知らない。しかしそこは岡っ引きの勘で、その様子からなんらかの察しをつけたようで、

「おう、いってえどこの吾市さんだね。おれは弥七といって、木村様の御用を務めてるもんだが、このおれにもわかるように説明してくれねえか」

「へえ」

そう答え、吾市は木村の表情をおずおずと窺うようにした。

木村は微かに苛立ちを浮かべている。

「あっしは、実はそのう……」

もごもごと言いかける吾市の言葉を、木村が気短に遮《さえぎ》って、

「いつ帰ってきたんだ、吾市」

「へ、へえ、半月めえでごぜえやす。もっと早くにご挨拶をと思ったんですが、そのう、なかなか……」

「そんなことはいい。今はどこにいる。所は定まったのか」

木村の聞き方はつっけんどんで、明らかにいつもの彼ではなかった。

「それが……あっしらみてえな無宿者はどこでも爪弾《つまはじ》きされるんで、大変苦労を致しやした。けどようやく深川の清住町《きよすみちょう》に、なんとか落ち着くことが……」

「それはよかったな。なんという長屋だ」

「茂兵衛店《もへえだな》と申しやす。近所じゃあぶれ長屋と呼ばれておりやす」

「あぶれ長屋か、そいつぁいいや。職のねえ奴ばかりが住んでるんだな」

弥七が茶化すように言って笑った。

吾市は生真面目な顔で、

「へえ、その通りでして……じめじめとした日当たりの悪い長屋でごぜえます」

「生業《なりわい》はどうするのだ」

　木村が聞いた。

「とりあえずは、以前とおなじように鬼灯《ほおずき》売りをするつもりでして……冬になったら、梅干し売りに商売替えをしようかと」

「そうか、わかったぞ。しっかり励めよ」

　木村が帰れと言わんばかりに言った。

　すると吾市はぐずぐずとして、

「木村様、六年も江戸を留守にしてる間にいろんなことがございやして、あっしはそのう……」

　吾市が今にも泣きそうな顔になった。

「なんだ、何かあったのか」

「おっ母さんが死んでおりました」

「……」

「身寄りがほかになかったもんで、前の所を訪ねたらおっ死んだと聞かされやした……それで回向院の無縁墓へ行って、供養してめえりやしたよ」

「それは気の毒なことをしたな」

木村の苛立ちは収まらず、財布から何枚かの銭を取り出すとそれを紙に包み、

「これを供養の足しにしてくれ」

吾市に突き出した。

「こ、こいつぁ温かいお情けを……」

家主の手を介してそれを受け取り、吾市が木村に三拝九拝した。

木村は不快を募らせたままの面持ちだ。

二

木村左次馬は弥七と別れると、おのれの組屋敷には戻らず、その足で八丁堀《はっちょうぼり》の北にある吟味方与力神坂乙三郎の許を訪れた。

与力の屋敷は二百坪はあるから、木村にはとてつもなく広く感じられる。客間で待つ間も、その表情は落ち着かなかった。

やがて着流しの神坂が入室してきた。

晩酌をしていたのか、目許が少し赤い。

「どうした、何かあったのか」

対座するなり、神坂が問うた。

「石原町の吾市が赦免《しやめん》されて戻って参りました。海賊橋の自身番におりましたら、挨拶に立ち寄ったのです」

石原町は吾市が以前住んでいた町名で、本所の南に位置する。

「吾市……はて、どんな男だったかな」

神坂はすぐには思い出せないようだ。

「六年前の、番場町《ばんばちよう》の質屋押しこみの一件でございます」

「ああ、あれか……世間を騒がせたましら組であったな」

「はっ」

神坂は木村の浮かぬ顔を探るように見て、

「して、吾市に文句でも言われたのか」

「いえ、そんなことは」

「ではなんだ。吾市の赦免をわざわざ伝えにきたわけではあるまい。案ずることでもあるのか」

「いえ、そのう……もしや吾市はみどものことを怨んでいるのではないかと……それを思うと気分が落ち着かんのです」

「それは考え過ぎではないのか」

「しかし奴は最後の最後まで無実を言い張っておりました。それをみどもが押し切った形で遠島にしたのです」

「待て待て、遠島にしたのはお主ではない。われら吟味方と奉行殿が協議して決めたことだ。怨むならお主ではなく、われらのはずではないか」

「直接の詮議はみどもですから、やはり怨むとしたら……」

「奴は怨みがましいことでも言ったのか」

「いえ、それはありません。しかし島にいる間に母親が亡くなり、死に目に会えなかったと……今こうして考えますに、吾市は無実ではなかったかとも……もしそれが本当なら怨まれてしかるべきですし、みどもとしても悔やむ気持ちが……」

木村が苦渋に顔を歪《ゆが》めた。

それを神坂は払いのけるようにして、

「よさぬか。お主はよく吟味を尽くした。吾市は一味の一人だったのだ。たとえ押しこみに加わらずとも、悪事の片棒を担いだことに変わりはない。そんなことで悔やんでいたらきりがないぞ」

「はっ、それは確かに」

「よし、お主の憂いを取り払ってやろう。わしの方で吾市を見張らせようではないか」

三

吾市が弁慶《べんけい》に鬼灯を無数に差し、町辻を売り歩いていた。

弁慶とは竹筒に藁《わら》を巻き、それに鬼灯を差した売り道具のことで、団扇差《うちわざ》しにも使われている。

そこは深川から永代橋を渡って間もなくの、霊岸島塩町《れいがんじましおちょう》の大通りである。

「鬼灯、鬼灯……丹波《たんば》名物の鬼灯だよ……」

吾市の声には張りがなく、ぼそぼそとつぶやくようで、あまり人の耳目は集まらない。

江戸で売る鬼灯ごときを、わざわざ京の丹波から取り寄せるとは思えないが、そこが優れものの名産地ということで、産地偽装には違いないがいつしかそうなったのである。鬼灯は酸漿とも書くが、鬼の字を使うのは丹波地方にかの有名な大江山《おおえやま》があり、大江山といえば鬼だから、それで鬼の字をあてたという俗説がある。

吾市の後から、娘岡っ引きのお鶴が見え隠れについてきている。

神坂乙三郎に言われ、吾市の行動を探っているのである。

しかしお鶴の目から見ても、吾市は善良でしがない貧民だから、そういう男を見張るということはどうにも気が引けてならない。

お鶴に言わせれば、ほかにもっと見張らなければいけない悪い奴はいっぱいいるはずなのだ。といって、泣く子と神坂には勝てないのである。

そのうち鬼灯売りを見つけた童《わらべ》の一団が、吾市の周りにどっと集まってきた。

「鬼灯おくれ」と皆が口々に言う。

吾市はみるみる相好を崩し、童たちにしゃがんで鬼灯を売り始めた。

その姿を見ても、吾市はやさしげでいい人なのである。

はあっ、と溜息を吐《つ》き、お鶴が周りを見廻し、また吾市の方を見た。

吾市は一人の四、五歳の女の子の頭を撫でていて、その手に鬼灯を握らせている。

少女の身装《みなり》は貧しいが、その器量はずば抜けており、誰もが頬ずりしたくなるような愛らしさだ。

お鶴が見る限り、吾市はその少女から金を取ってないようだ。

「可愛いねえ、お嬢ちゃん。歳は幾つ」

吾市の目尻が下がっている。

「五つよ」

「名前は」

「加代《かよ》」

「いい名前だ。鬼灯、うまく鳴らせるかな」

「うまいのよ、あたい」

少女がその場で鬼灯を剝き、器用に鳴らせてみせた。

「あはは、本当だ、おじさんよりうまいや」

少女が得意になって鳴らし、ほかの童たちも一斉におなじことをした。その賑やかさに通りがかりの大人たちが笑って見ていく。

少女を見守る吾市の表情はどこか寂しげにも見え、お鶴は切ない気持ちになった。

四

鎧月之介が真剣な眼差しで、そぼろ助広の手入れをしていた。

そのそばでお鶴が勝手に喋っていて、猫千代がそれに耳を傾けながら、一人で大福餅を次から次へと頬張っている。

昼下りだから、道場の界隈《かいわい》はひっそりとしている。

「神坂様がなんであんな善い人の見張りをご命じになったのか、あたしにはよくわからないんです。吾市という人はただ鬼灯を売るだけの罪のない人で、清住町の長屋も見てきましたけど、半分壊れたようなひどいものでした」

聞いているのかいないのか、月之介は返事もしない。

「けどお鶴ちゃん、そいつは島帰りなんだろう」

猫千代が疑り深そうな目で言う。

「ええ、そうよ。でも六年も御蔵島《みくらじま》という所にいて、償いはきちんと済ませてるのよ」

「いったいどんな罪科を犯したんだい、その野郎は」

「野郎だなんて、そんな言い方しないでよ、猫千代さん。吾市さんは盗っ人一味の見張り役をやったそうなの。それが捕まって、一味五人は死罪になったけど、吾市さんは見張りだけだったから重い罪を免れたのよ」

月之介は相変わらず黙《だ》んまりだ。

猫千代とお鶴のやりとりがつづく。

「その盗っ人どもだけど、どこを襲ったんだい、お鶴ちゃん」

「最後は北本所の番場町にある上総屋《かずさや》という質屋よ。一家に皆殺しにされて今はもうないわ」

「吾市は一味の手先をやったことを認めたんだね」

「さあ、詳しいことは……その一件は定廻りの木村左次馬様という人が当たっていて、吾市さんは白状したということになっているから、たぶん罪を認めたのよ」

月之介が刀を懐紙で念入りに拭い、鞘に納めて不意に立ち上がり、身繕《みづくろ》いを始めた。

「おや、旦那、お出かけですか」

猫千代が聞くのへ、月之介は曖昧《あいまい》な笑みを浮かべて、

「ちと本所まで行ってくる」

「本所のどちらへ」

「番場町だ」

「えっ」

それ以上の説明はせず、月之介が出て行った。

猫千代とお鶴は啞然《あぜん》と見交わし合って、

「月の旦那、調べるつもりだよ。どこがひっかかったのかねえ」

「あたしの話なんて、聞いてないようなご様子だったのに……」

「そういう人なのよ。なんせあの通り変わり者だから、側用人としては困っちゃう。ついてけないもの」

「猫千代さん、人がいなくなるとすぐ悪口言うのはよくないわよ。何が側用人よ」

「悪口じゃないよ、その通りのことなんだから」

「あたしにも大福餅頂戴」

「いいよ。そこに横になんなさい」

「どうして大福食べるのに横にならなくちゃいけないのよ」

「食べさせて上げたいの」

「気持ちの悪いこと言わないで」

こつん。

十手の先で頭を叩かれた。

五

番場町の上総屋は質屋らしく裏通りにあったが、今は宇治茶《うじちゃ》を専門に売る店になっていた。

惨劇のあった家だから長いこと空家だったものを、六年も経てば風化するのか、去年に捨て値で買われて建て替えたという。

そういうことを近所で聞き集め、月之介は表通りへ廻った。菓子所を見つけてきなこ餅を贖《あがな》い、四つ辻の角にある自身番へ向かう。

どこの自身番もおなじで、家主、店番、番人が机に向かって事務仕事をしていた。

のっそり入ってきた月之介を見て、五人が一斉に警戒するような目になった。

確かに月之介の雰囲気には、消すに消せない殺気を孕《はら》んだようなものがあるから、善良な市民が怖れを抱くのは無理もないのだ。

そこで月之介は吟味方与力神坂乙三郎の名を出し、知己であることを明かした上で、旧《ふる》い事件を調べているのだと言った。

神坂の名には絶大な効果があって、与力様のお知り合いならばと、それで家主たちの態度は一変した。その名を悪いことに使うわけではないから、神坂も怒るまいと思った。

それに月之介が手土産《てみやげ》としてきなこ餅を持参したので、さらに歓迎された。

「どのようなことをお調べに？」

家主が聞くから、六年前の上総屋押しこみの件だと月之介が言った。

すると小さなざわめきがあって、五人の表情が引き締まった。

「あれはましら組と称する盗っ人どもの仕業でございましたが、とうにお縄となり、仕置きも済んでおりますが」

老齢の家主が穏やかな口調で言った。

「それはわかっている。だがその時、吾市という男が一味の見張り役として捕まり、遠島になった」

家主が首肯《しゅこう》し、

「存じておりますとも。事件の夜、一味が立ち去ったあとに大騒ぎとなり、火消し連中が辺りを探索したんでございますよ。その時、付近をうろついていた怪しい男を見つけまして、駆けつけたお役人に捕えて突き出したのです。それがあとから聞いて、南本所石原町に住む吾市という男だとわかったしだいで」

「吾市は本当に見張り役をしていたのか」

「本人はそうではないと言い張っていたようですが、では夜の夜中に、石原町に住む人間がこの番場町で何をしていたのかと、それを聞かれると吾市は何も答えられなかったそうなのです。仮に一味と無関係で、ほかの用事で来合わせたのなら、ふつうは本当のことを言って抗弁するはずでございましょう。命がかかっているのでございますからな。一味とは違うのだと言い張りながら、何も言わぬのは疑られても仕方ございますまい」

「ふむ」

理詰めではあるが、家主の言うことは筋が通っていた。

お鶴の話を聞いているうちに、月之介はこれは冤罪《えんざい》ではないのかと思った。吾市は盗っ人の一味ではなく、運悪くそこに居合わせただけではないのか。奉行所の詮議は苛酷だと聞くから、吾市はそれに負けてしまい、やりもしないことをやったと言わされたのではあるまいか。ましてや力のない、しがない鬼灯売りだ。

役人が鬼になれば、白も黒になろう。

月之介のなかに、強大な権力に歯向かう闘魂のようなものが湧いていた。

冤罪はあってはならないが、しかし一方でそうではない場合も考えられる。

吾市という男は存外性悪で、仲間は死罪になったが自分だけ遠島で済み、腹のなかで嗤《わら》っているということもあり得るのだ。

本人に会って確かめるしかないと思った。

自身番を出て再び裏通りへ向かい、狭い路地を抜けて少し行くと、ちょっとした広い場所へ出た。向こうに長屋の木戸門が見えている。

その一角で異様な光景に遭遇した。

井戸を埋め立てたらしく板囲いがしてあるのだが、一人の中年の女がまるでお百度でも踏むようにして、一心不乱に拝みながらその周りをぐるぐると廻っているのだ。何をしているのか――月之介が近づいて行くと、女が敵意のような烈しい目を向けてきた。

明らかにその目は狂気のもので、突き刺すような視線の奥は空ろである。

女の髷《まげ》は崩れて、着物の着付けもだらしなく、履物は履かずに素足のままだ。

「何をしている」

声をかけてみた。

「おまえ様も拝んで下され」

「拝む？」

「お千代《ちよ》の井戸です」

「……」

月之介が戸惑っていると、長屋の方から亭主らしき男が色を変えて駆けてきて、無言で女を引き寄せた。

男は桶職人のようで、印半纏《しるしばんてん》に「おけや」と記してある。

男は女を庇《かば》うようにし、そのまま家へ連れて行こうとした。それに女は抗《あらが》い、井戸の所へ必死に戻ろうとする。暫《しば》し二人の争いがつづいた。

「これ、何があったのだ」

月之介の問いかけに男は答えず、黙って頭を下げると、女を強引に引きずるようにして連れ去った。

頭を下げた時、男はえもいわれぬ悲しい目をして、そのことが月之介の胸に刺さった。気にはなったが、そこで月之介も身をひるがえした。

六

貧民には貧民にふさわしい場所があるもので、清住町の路地裏にあるその居酒屋は十人も入ればいっぱいになるような店で、壁などは煤《すす》けて黒く、全体にうす汚れていた。近くにどぶ川が流れていて、饐《す》えたような異臭が漂っている。

その晩は五人ほどの客が集まっており、吾市も片隅でちびちびと酒を舐めていた。

亭主は腰の曲がった老爺で、ほとんど奥に引っこんでいる。

吾市は誰を気にするでもなく、小さな声でわらべ唄を口ずさみ、時折思い出し笑いのようにしてひとり相好を崩している。笑顔になると人なつっこい顔になり、無邪気にさえ見えるのだ。

そこへ黒い着流しの月之介が店へ入ってきて、亭主に酒を頼み、何気ないように吾市の横の空樽に腰を下ろした。

そんな月之介に吾市は無関心で、まだ微かな声でわらべ唄を口ずさんでいる。

酒が運ばれてくると、月之介はそれを手酌で飲みながら、

「わらべ唄が肴《さかな》では、酒の味が苦かろう」

話しかけてみた。

「へっ？……」

きょとんとした目を上げ、吾市はそこで初めて月之介に気づいたように、

「さいでごぜえますねえ。わらべ唄はこんな所で唄っちゃいけません」

月之介を見ても怖れはない様子で、吾市は平然と応答している。

「幼い頃を偲《しの》んでいたのか」

「まっ、そんなところで……母一人子一人で育ちやして、おっ母さんに大層可愛がられたもんですから」

「母親は元気なのか」

知っていながら、聞いてみた。

「いいえ、親不孝をしまして……死に目には会えなかったんです」

「それは残念だったな」

「返す返すも残念でなりません。おっ母さんはきっと恨んでいるものと」

「そんなことはあるまい。人の縁は親子でもおなじだ。それにいつか訣《わか》れはくるものだ」

「へえ……お武家様はわかったようなことを言いなさる」

少しばかり棘《とげ》のある言い方に、月之介は改めて吾市を見た。

だが吾市に他意はないらしく、眠ったような目を瞬いて、

「浮世のことはままになりやせんねえ。思い切り好きなことだけをして、生きて

みたいもんです」

「おまえの好きなこととはどんなことだ」

すると吾市は曖昧な笑みで、

「へへ、それは秘密でごぜえますよ。人には誰でも隠し事のひとつやふたつはあるもので。お武家様もそうでございやしょう」

「ふん、そうかな」

「実はあっしは六年の間島送りにされていやしてね、つい先頃けえってきたばかりなんでごぜえますよ」

吾市の方から核心に触れる話を口にしたので、月之介は思わず固唾《かたず》を吞んだ。

「なんの罪で遠島になったのだ」

「盗っ人の片棒を担いだ科《とが》です」

「やったのか」

吾市はそれには即答せず、

「世の中には、運のいい奴と悪い奴しかおりやせん」

「おまえはどっちなのだ」

「この面をご覧になりゃわかるでしょう。運のいい男に見えやすかい」

「ではおまえは無実だったのか」

「……」

「どっちなんだ」

「今さらどうこう言っても遅いんでごぜえますよ。ですから、もういいんです」

「おい、よくはあるまい。おまえの名誉がかかっているのだぞ」

「名誉だなんて、ちゃんちゃらおかしいですよ。こんな屑《くず》みたいな男にそんなものはありません」

「……」

ひねくれてしまったのか、それともこの世を達観でもしているのか、吾市の言葉に妙な違和感を覚えながら、そこで月之介はふっと苦笑して、

「しかしそんな大事な話をなぜおれにする。たった今顔を合わせたばかりの相手だぞ」

すると吾市はちょっと身を引くような姿勢になって、月之介を改めて眺め、

「旦那のお人柄でございやしょう。ご人徳ってえやつで。なんでも呑みこめる太い腹をお持ちのようだ。それに引きこまれたんでごぜえますよ」

「……」

呑みこまれたのは自分の方のような気がしてきて、月之介は胸の内で唸った。吾市という男がつかめそうでつかめず、ある種茫洋《ぼうよう》として、善なのか悪なのか、その夜は判定がつかなかったのである。

七

月之介は神坂乙三郎に頼み、木村左次馬に引き合わせて貰った。吾市の調べを進めるのに、事件を受け持った木村の存在は無視できなかったからだ。

二人が会ったのは神坂の屋敷だったが、彼が奉行に呼ばれて急に出かけることになり、遠慮して揃ってそこを出た。

そして最寄りの海賊橋の袂の自身番で、二人は向き合った。

家主や店番が仕事をしている部屋の奥の、板敷の間である。

月之介のことは神坂から十分に聞かされており、役所の役に立つ人間だと折紙をつけられたから、木村の態度も友好的であった。

「早速だが、吾市という男の人となりをまずは聞かせてくれぬか」

おのれの口調が熱を帯びていることを、月之介は感じていた。

なぜ吾市にこれほど熱が入るのか、自分でもわからなかった。あのつかみどころのない人柄のせいなのか。零細ではかない吾市という男に、ふり廻されているような気がしていた。それで躍起《やっき》になっているのか。闇の向こうにいる吾市が黒なのか、白なのか、追及してやまない気持ちになっていたのだ。

木村が語り出した。

「初めに詮議した時は、はっきり申してこの男はうすら馬鹿ではないかと思いましたよ。ひとつことを聞いても、返ってくる答えは要領を得ず、何事も曖昧で、こっちを苛立たせるのです。それでいて根は頑固でして、一味の手先ではないと言い張ります。少しばかり手荒に扱っても、動じません。あのしぶとさには音を上げましたよ」

「しかし結句は遠島になった。白状はしたのかな」

「そこのところが、ちょっと……確かに本人の口から白状したのですが、それが妙な感じで、なりゆきのような……いや、誤解のないように言っておきますが、決してでっち上げではないのですよ」

「では、どうやって」

「今思い出したのですが、あの時は急に奴の態度が変わったのです」

「吾市が見張り役をやっていたところを見た者を探そうと、番場町の界隈をもう一度調べてみることになりました。そしてそのことを奴に言ったのです。するとなぜか奴は落ち着きを失いまして、一味に頼まれて見張り役を引き受けたことを白状したのです」

「急とは」

「そのこと、裏は」

「むろん牢屋敷にいるましら組の一人一人に吾市のことを聞きました。ですが仲間を庇ってなのか、五人が口を揃えてそんな奴は知らないと。しかし吾市自身が白状したことですから、この一件は幕を引こうと、そういうことになったのです」

「……」

「島から帰った吾市がわたしを訪ねてきた時はぞっとしましたよ。こっちも多少後ろめたい気持ちがあったので、怨まれているのではないかと心配しました。それが危惧《きぐ》とわかって、今は安心していますがね」

「番場町の界隈を調べられて、困ることでもあるのか……」

月之介がつぶやくように言った。

そこへ表が騒々しくなり、岡っ引きの弥七があたふたと駆けこんできた。

「だ、旦那っ」

言いかけ、月之介の姿に弥七が戸惑いを浮かべた。

「弥七、この御方のことは気にするな。神坂様のお知り合いなのだ」

「へ、へえ」

「どうした、何かあったのか」

「人殺しなんでさ。それもちいせえ女の子がむごたらしく殺されたんで」

「場所はどこだ」

「霊岸島塩町なんで」

木村は弥七にわかったと言い、

「鎧殿、お役に立てたかどうかわかりませんが、事件なので今日はこれにて」

「あ、いや、待たれい」

「はっ？」

「それがしも同道致したいが、構わぬか」

それは月之介の耳の奥底に、なぜか吾市のわらべ唄が聞こえたような気がしたからだ。

「構いません。さあ、どうぞ」

木村が承諾して、月之介をうながした。

八

霊岸島塩町の空地に古井戸があり、少女の骸《むくろ》はそこに投げこまれてあった。

木村左次馬と弥七が駆けつけてきた時には、大勢の奉行所小者たちが、井戸から引き上げた小さな骸を筵《むしろ》の上に横たえていた。

そして奉行所抱えの医師九庵《きゆうあん》が、すでに骸の検屍《けんし》をしている。

周囲には縄が張りめぐらされ、野次馬を牽制していた。

月之介は歩き廻って地の利を調べ、井戸の底を覗き見た。

底は涸《か》れて、雑草が生えている。

少女は明らかに殺害されたもので、その細い首に絞め痕《あと》が黒く残っていた。

「ご医師、これは殺害したあとに井戸に投げこんだのですな」

木村の問いに、九庵は痛ましい目で首肯し、

「左様、明らかに勒死《ろくし》（絞殺）じゃよ。むごいことをするものじゃ、こんないたいけな子を何も殺さずとも……」

少女の身装は貧しいが、その器量はずば抜けており、誰もが頬ずりしたくなるような愛らしさだ。それが今は骸となり、無念の目を閉じている。

そこへ野次馬を掻き分け、お鶴も駆けつけてきた。

「あっ、鎧様」

お鶴は月之介に会釈しておき、木村に挨拶をすると、次いで弥七に仁義を切るようにして断りを入れた。

弥七に肩を叩かれて許され、ようやくお鶴は少女に向かって合掌し、その顔を拝んだ。

「ひっ」

小さな悲鳴がお鶴の口から漏れた。

木村、弥七、そして九庵が一斉にお鶴のことを見た。

お鶴が慌ててごまかし、曖昧に詫びる目になって、さっと向こうへ行った。

木村たちは骸に馴れていない新米岡っ引きの狼狽《ろうばい》と思ったようで、何も言わなかった。

だが月之介だけは、お鶴の様子を目に留めていた。

少女の下腹部を調べていた九庵が、暗い声になって、

「なんということだ、この子は凌辱《りようじゆく》されておるぞ」

その言葉に、月之介と木村がさっと見交わし合った。

お鶴のいる所にも九庵の声は聞こえ、彼女はさらに顔を凍りつかせた。

「では、下手人《げしゆにん》がこの子を手ごめに」

木村が悲痛な声を漏らす。

九庵は重々しくうなずくと、何やら思い出すようにして、

「以前にもこれとおなじようなことが……はて、あれは……」

月之介が九庵のそばに屈み、

「それはいつのことかな」

見知らぬ月之介の問いかけに、九庵は面食らうが、木村が「気遣いは無用ですよ」と言うので、

「あれは五、六年前になるかのう。この子とおなじような歳恰好の女の子が、やはり凌辱され、殺害されて井戸に投げこまれたことがあった。あれもわしが検屍をしたのじゃ」

「それは、どこだ」

月之介がさらに九庵に問うた。

「確か北本所の番場町であった。父親が桶職人だったのを憶えている。母親の取り乱しようといったらなかったぞ」

「……」

月之介の目に、一瞬だが稲妻《いなずま》が走った。

お千代の井戸――あの狂気の女の声が、月之介の脳裡によみがえった。

「番場町といえば、上総屋押しこみのあった所ではないか。あそこでそんなことが……」

木村が不可解な声で言い、

「弥七、おまえは知っていたか」

「あっしはその時は磯部の旦那の御用を務めておりやしたが、そいつぁ知りやせんでしたねえ」

弥七が以前仕えていた同心の名を出す。

二人の会話など耳に入らず、月之介はお鶴をうながしてその場を離れた。

そしてお鶴と向き合うと、

「お鶴、あの小さな仏を知っているのか」

「はい」

お鶴は真剣な目でうなずくと、

「吾市さんがあの子に鬼灯を上げてるのを見たんですよ。それは可愛い子なんで、吾市さんも嬉しそうな様子でした。その時にあの子が、吾市さんに聞かれて加代って名乗ってるのを耳にしたんです」

「……」

「鎧様、どうしてこんな……吾市さんが怪しいんですか」

疑問を投げかけるお鶴に答えず、月之介は足早に立ち去った。

九

番場町の長屋から出てきた月之介と桶職人の伊助が、封鎖された古井戸の所までやってきた。

月之介が訪ねて事情を話し、伊助を表へ連れ出したのだ。

気の触れた女房は家のなかで眠っていた。

井戸の前に立つと、伊助は辛い目になってそれを眺めやり、

「お千代はここに投げこまれていたんです」

と言った。

「娘の命日はいつだ」

「八月十日です。あれは大風の吹くひどい日で、お千代は夕方から姿が見えなくなってました。それであたしら夫婦と、町の衆みんなで探し廻ってたんですが、結局その晩は見つからなくて、翌朝んなって……」

そこで伊助は声を詰まらせ、

「この井戸の底に落ちてるお千代が……」

くっ、くっ、くっ……と嗚咽《おえつ》を漏らし、伊助はその場にうずくまった。

「役人にはすぐに知らせたのだな」

月之介が問うた。

伊助が手拭いでごしごしと泪《なみだ》を拭い、

「へえ、ですけどその晩はこの先の上総屋さんで押しこみがあって、お役人方はそれどこじゃありませんでした。死げえが見つかってから、お役人と医者の先生がきてくれて、お千代の躰を調べてました」

「医者はなんと言った」

「それが誰かに首を絞められたと、そう言うだけで詳しいことは何も。あっしがいくら聞いても、医者は口を濁すばかりでした」

恐らく九庵はあまりにむごいことなので、凌辱の事実を父親に伝えることを避けたのに違いない。

「それから町名主さんがこの井戸はよくねえと言い出して、こうして閉じることになったんです」

月之介が重い溜息で、

「女房は正気を失ったのか」

「へえ、お千代が死んでからというもの、すっかりおかしくなっちまって……外に出さねえようにしてるんですが、あっしの目を盗んではとび出して、ここへきてお千代の井戸、お千代の井戸と唱えながら拝むんです。女房も可哀相なんです。お千代は難産だったもので、生まれてからはそれは大変な可愛がりようだったんです。わかってやって下せえ。それで町の衆も同情してくれて、これをお千代の井戸と呼ぶように」

「……」

月之介は言葉のかけようもない。

「旦那、下手人はそのまんまですけど、どこでどうしてるんでしょう……六年もの間、よく平気でいられるものですね」

「その下手人もな、恐らく正気ではないのであろう」

伊助は縋《すが》るような目になって、

「旦那、なんとか下手人を捕まえてやって下せえやし。そうでねえと、お千代が浮かばれやせん」

「わかっている」

月之介が強い目でうなずいた。

それで伊助と別れ、番場町を後にしたが、月之介の胸には烈しい憤りが渦巻いていた。

――下手人は吾市だ。

吾市がお千代を拉致《らち》し、凌辱して殺したのだ。

そしてそのおなじ頃、上総屋にましら組が押し入って凶行を働いていた。やがて一味は逃げ去って大騒ぎとなり、探索に出た火消したちの網に吾市がひっかかった。その時には恐らくお千代の命の灯は消えていて、井戸に投げこまれていたのに違いない。

だが吾市は木村左次馬の追及に、お千代殺しを打ち明けるわけにはいかなかった。それで盗っ人ではないと言い張りながらも、本当のことには黙んまりを決めこんだ。

そうして六年の島送りとなったのだが、帰ってきた吾市は、やはりまたおなじ犯科をくり返したのだ。

(これは放っておけない)

さらなる憤怒が突き上げ、月之介の目が血走った。

十

柳原土手《やなぎわらどて》の一面に夕日が当たり、神田川まで赤く染まっていた。

秋のつるべ落としは見る間に辺りを暗くするだろうから、月之介は土手に腰を下ろして日暮れを待つことにした。

深川清住町の長屋へ踏みこむと、吾市の姿はなかった。

吾市を待つつもりになって家の框《かまち》にかけていると、それを怪しんだ長屋の住人の何人かが恐る恐る覗きにきた。

月之介が吾市に用があってきたのだと言うと、住人たちはたがいにうろんげな視線を交わしていたが、一人のかみさんが吾市さんはもうここへは戻るまいと言った。そのわけを聞くと、急に転宅することになったのだと吾市が言い、鬼灯を差した弁慶だけを肩に、昼頃に長屋を出て行ったと言う。

時すでに遅かったのだ。

月之介が改めて家のなかを見廻すと、元々何もない部屋に、藍微塵のすり切れた着物だけが壁に吊るしてあった。

居酒屋で会った時も、吾市はそれを着ていたのだ。

そこに月之介は不審を持った。

藍微塵は一張羅《いっちょうら》のはずだから、新しい着物を手に入れたとしか思えない。

そのことを口にすると、別のかみさんが、吾市さんにはああ見えてもいい人がいて、その人が見るに見かねて新しい着物を買ってやったのではないか、出て行く時は確かに見たことのない着物だったと言った。

「そのいい人とは誰のことだ」

するとおなじかみさんが、失笑を浮かべながら、

「話だけで、どんな人か会ったこともないから知りませんけど、お熊《くま》さんという名で、柳原の土手に出ている人らしいんです。その人のことを吾市さんたら、まるで生き仏みたいに言うんで、あたしたちいつも笑ってたんですよ。夜鷹《よたか》が生き

仏のわけないじゃありませんか」

住人たちがけらけらと声を揃えて笑った。

つるべ落としが始まり、辺りがみるみるうす暗くなってきた。

やがて莫蓙《ござ》を抱えた夜の姫君たちが、三々五々、姿を見せ始めた。

どの女たちも歳を隠した厚化粧で、白塗りの顔が薄闇に浮かんでいる姿は滑稽《こっけい》であり、また哀れでもあった。

月之介が立って近づいて行くと、女たちは怖れを感じたのか逃げ腰になった。

「辻斬《つじぎ》りなどではないから安心しろ」

そう言っておき、女たちを見廻して、

「お熊という女を知らんか」

女たちがざわつき、ひそひそと囁《ささや》き合い、それから忍び笑いが漏れた。

「その女に会いたい。居場所を教えてくれ」

月之介が言うと、一人が一方を指した。

そこに二八蕎麦《にはちそば》の屋台が出ていて、火が灯されている。お熊はそこで腹ごしらえをしていると言う。

屋台の床几《しょうぎ》にかけ、猫背になった女が湯気の立った蕎麦を啜《すす》っていた。

月之介がその横に座り、女の顔を見て少なからず驚いた。

女はぺらぺらの赤い着物を着て、後ろ姿は若い娘のようだったが、すでに六十は越しているようで、白塗りの顔は化粧がひび割れて老醜が晒《さら》されていた。

それで仲間たちの忍び笑いのわけがわかったような気がした。月之介がもの好きにもこのお熊の客だと思ったのだ。

月之介が内心で腐る。

「吾市はおまえの客か」

「へっ？」

お熊は警戒の目で月之介を見ると、そんな人は知りませんと言った。

そのお熊に銭をつかませ、

「吾市を探しているのだ。どこにいるか知らんか」

お熊は知らないと言ったことをすぐに忘れて、

「あの人、何かやらかしましたか」

「いや、そういうことではない。以前に吾市に世話になったことがあってな、その礼がしたいのだ」

思いつきを言った。

「そうですか」

お熊はすばやく銭を袂へ落とし、蕎麦を啜り上げて食べ終えると、ここじゃなんですからと屋台を出て少し行き、月之介と土手に並んで座った。

夜の帳《とばり》が下り、辺りはもう真っ暗だ。

うそ寒いような川風が吹いている。

「吾市さんは客には違いありませんけど、そういう客じゃないんですよ」

「どういうことだ」

「あの人は変な人で、あたしをおっ母さんの代りに見立てるんです。茂みで二人して横になると、決まって乳を求めてきます。それでおっ母さんと言って、あたしに抱かれて少し眠るとどっかへ行っちまいます。それだけであの人は満足で、僅かな銭を置いてってくれるんです。あたしもこの歳であれはもうそんなにしたくありませんのでね、吾市さんがくるとほっとして相手をしてやるんです。だからあの人とは、一度もあれをしたことはないんですよ」

「吾市は長屋の者たちに、おまえのことを生き仏のように言っていたらしい」

月之介が言うと、お熊はまあ、と言って大笑いをし、

「吾市さんは、こんなあたしに身の上なんか語りませんでしたけど、きっと寂しい境涯の人なんですよ。あたしにはなんとなくわかります。顔をご覧になればわかるでしょう。あの人こそ生き仏ですよ」

（生き仏が少女を汚して殺すか）

月之介は思わず毒づきたくなった。

吾市はかなりいびつで、歪んだ男だと思った。

まともな女と媾《まぐわ》うことができず、彼の欲望のはけ口はひたすらいたいけな少女に向けられるのだ。あの善人面の下に、そんなどす黒い魔性が潜んでいるのかと思うと、月之介でさえもぞっとするものがあった。

吾市の着物のことを尋ねると、一張羅の藍微塵があまりにみすぼらしかったので、古着屋で買ってやったのだとお熊が言った。そういうことをしてやっていると、吾市が伜《せがれ》のように感じられたと言った。

それも月之介にとっては、噴飯《ふんぱん》ものであった。

さらに手掛かりを求め、吾市の立ち廻り先を聞いてみたが、お熊は知る由もなかった。

十一

道場へ帰ってくると、玄関先にお鶴が足踏みするようにして待っていた。

月之介がすぐにお鶴をうながし、奥へ向かう。

その間にも、お鶴は報告を始めて、

「加代って子のとむらいに、顔を出してきたんです」

そう言い、

「父親は指物師《さしものし》で、月之介の返事も待たずに、大勢の職人衆がきてましたけど、近所の加代ちゃんの友だちも揃っていて、それは悲しい別れをしてました」

客間へ入ると、月之介は行燈《あんどん》に火を灯し、お鶴はその間も喋っている。

「それでですね、おなじような歳のその子供たちにさり気なく聞きましたら、あることがわかったんです」

「吾市のことか」

「はい」

と言った後、お鶴は確かめるように、

「あのう、吾市さんは本当に下手人なんですか」

行燈の灯が、不安を浮かべたお鶴の顔を照らし出す。

「もうさんづけは必要のない男だ。吾市は間違いなく下手人なのだ。清住町の長屋へ行ってみたが、すでに行方をくらましたあとであった」

夜鷹のお熊のことには触れまいと決めていた。

「あたし、どうしてもそのことが……もしそうだとしたら、人が信じられなくなりそうですよ」

「そうやって世間を欺《あざむ》いて生きているのだ、吾市は」

「はあ……」

お鶴はやりきれないような溜息を吐いたあと、

「子供たちに聞いたら、吾市は加代ちゃんにずっとまとわりついていたって言うんです。あたしが見たのが最初で、その時に吾市は加代ちゃんに目をつけて、次の日も、またその次の日も鬼灯売りにきたと。ですから加代ちゃんは鬼灯をいっぱい持っていたそうです。鬼灯で手なずけたんですね」

「……」

吾市の執拗さは、尋常な人間のものではないと思った。狙いをつけた子供には、それが手に落ちるまでつきまとい、隙を見て牙《きば》を剝くのだ。

そのことしか考えられなくなる吾市は、やはり異常者というしかなかった。

「お鶴、吾市はきっとまた次の子もやるぞ。いや、すでに狙いをつけた子がいるのかもしれん」

「はい」

「なんとしてでも見つけ出すのだ」

お鶴が緊張の目でうなずいた。

十二

木村左次馬には夫婦になって七年の志津《しづ》という妻がいて、二人の間には愛娘《まなむすめ》の千恵《ちえ》がいた。

千恵は五歳になり、貧乏同心の家ではあるが蝶よ花よと育てている。それに応えるかのように千恵は愛くるしく育ち、多少やんちゃではあっても、木村の自慢の娘だ。

その千恵の行方が、突然不明になった。

指物師の娘の加代の詮議で、その日の帰りが遅くなり、八丁堀の組屋敷に戻った時は夜の六つ半（七時）になっていた。

木村は木戸門を入るなり、何かが起こったことを知った。

式台に志津が惚《ほう》けたようにしてだらしなく座り、虚脱していたのだ。

ふだんは礼節をわきまえ、武家者らしく折り目正しい志津が、そんな姿を夫に見せたことはこれまでなかった。

「どうした、志津」

志津は木村を見ると、にわかに泪を溢れさせ、わなわなと唇を震わせて、

「千恵が……千恵がどこかへ……」

号泣した。

加代の無残な骸を見たばかりだったから、木村も形相を一変させ、志津の不安が乗り移った。

そして強い力で志津の肩をつかむと、

「ど、どこかへとはどういうことだ。遊びに行ったまま戻らないということか」

志津はうなずき、泪を拭いながら、

「申し訳ありませぬ。いつもは日の暮れにはかならず戻って参りますのに、今日に限って……共に遊んでいた子らの家を一軒ずつ訪ねても、とうに別れたと言うのです。今、弥七やご近所の方々が探しに出ておりまして、わたしはここで旦那

様のお帰りを待っておりました」

千恵を探しに行かねばと、志津が蹌踉《そうろう》とした足取りで行きかけた。

木村がそれを押し止めて、

「おまえはいい、ここにいろ」

血相変えて組屋敷をとび出した。

八丁堀は堀に囲まれているから、河岸伝いに当てもなくさまよい歩いた。灯が乏しく、ほとんど闇のなかを歩いているようで、それがより不安を駆り立てる。

「千恵……千恵……」

その名を呼んでも、答えは返ってこない。

木村は気も狂わんような気持ちになった。そのうち捜索してくれている近隣の人々に出会い、千恵の安否を尋ねたが、皆が首を横にふった。さらなる捜索を頼み、また一人になってさまよい歩く。祈るような切実な思いになっていた。

木村も月之介とおなじように、吾市に疑惑を持っていた。

医者の九庵の言葉から、番場町のお千代のことがわかり、帰りしなに北本所まで足を伸ばして父親の伊助に会い、六年前の顚末《てんまつ》を聞いてきた。

当時、南本所石原町に住んでいた吾市が、なぜ番場町にいたのか。その時はましら組の見張り役としてしょっ引かれたが、真実は違うのではないかと思った。

吾市への疑惑が募り、深川清住町の長屋にも行ってみたが、すでに吾市は行方をくらましたあとだった。

そしてその行く先々で、月之介がきたことを聞かされた。

自分が月之介の後手に廻っていることがわかり、歯痒《はがゆ》い思いがした。

明日から徹底して吾市の探索をしようと、そう意気ごんでいた矢先の、予期せぬ千恵の失踪だった。

これは自分に対する吾市の復讐なのか。やはりあの男は、島送りにされたことを怨みに思っていたのか。

不安と焦燥が錯綜し、胸の張り裂けるような思いがした。

気分が悪くなり、柳の木の下にうずくまった。

その少し先に、小さな黒い塊が横たわっていた。それを見てぎょっとなった。

慄然として、声も出なくなる。

そっと近づいて目を凝らす。

「……」

ほっとした。

それは野犬の死骸だった。千恵ではなかった。

どっと脂汗が噴き出した。

その時、越前堀《えちぜんぼり》の方から黒い人影が駆けてきた。

「木村の旦那」

弥七の声だ。

次いで千恵の声もした。

「父上」

木村は喜びが突き上げ、目が眩《くら》みそうになった。震えもきた。

駆け寄ると、千恵は弥七の背におぶわれ、疲れたのかぐったりしていた。

「千恵、大事ないか。おまえ、どこへ行っていたんだ」

「迷子になったの」

「迷子？」

この遊び馴れた八丁堀界隈で、迷子になどなるものかと、その疑念を弥七に向けた。

弥七は困ったような顔で、

「へえ、あっしにもよく……見つけた時はお嬢様は川船んなかで横になっておりやしたんで、今まで何をしてたのか、いくら聞いてもはっきりしたことは……」

大分お疲れのようでしょうから、今晩はともかく休ませて上げましょうと弥七が言うので、木村も詮索を二の次にして千恵を引き取った。

弥七と別れて帰る道すがら、木村の背に揺られている千恵の温もりが安堵を与え、泪が出そうになった。

こういうことは子供にはよくあることだから、帰っても問い詰めるのはよそうと心に決めた。

組屋敷に戻ると、木村と志津の見ている前で千恵は大飯を食らい、二人を喜ばせた。

そうして志津が千恵を内湯に入れてやり、千恵はさっぱりとして夜具に横たわるや、ことんと眠ってしまった。

それを見届けて志津は安心し、千恵の寝間を出た。

だが志津は気づかなかったが、湯に入っている間、千恵は片手をきつく握って放さなかった。

そして――。

今こうして眠っている千恵の片手が開かれると、そこには鬼灯が握られていたのである。

十三

吾市の行方は依然として不明だった。

お鶴は町から町を駆けめぐり、物売り、行商の類《たぐい》を片っ端から調べ廻った。

しかしみずから姿を消した吾市が、のん気に鬼灯を売り歩いているはずはなかった。

探索の途中で、弥七に会った。

弥七も木村の命で、吾市を探していたのだ。

たがいに不首尾を打ち明け合うなかで、弥七が昨夜の千恵の失踪騒ぎに触れた。無事に戻ったからよかったものの、吾市に拉致されていたら目も当てられなかったと弥七は語った。

「それで、木村様のお嬢様はどこで何をしてたんですか」

お鶴が問うと、弥七は苦笑混じりに、

「もう済んだことで、無事に戻ったんだからと、旦那も奥方もそれ以上お嬢様に聞かねえみてえなんだ。あんなに大騒ぎんなったってのに、お二人とも小言ひとつ言わねえで甘えよなあ」

「……」

その話にお鶴はひっかかるものを感じた。

さらに詳しく弥七に聞くと、千恵は遊び呆けていなくなることなど、これまでなかったという。

（どこかで、誰かと……）

胸が騒ぎ、お鶴は弥七と別れて八丁堀へ急いだ。

木村の組屋敷を覗くと、庭先で志津が洗い張りをしている姿が見えた。その様子から、何事も起きてはいないようだ。

付近を探し廻り、数人の子供たちが遊んでいるのに出くわした。そのうちの一人に木村様のお嬢様はいるかと聞くと、千恵がきょとんとした顔を上げてこっちを見た。

「千恵ちゃんね」

お鶴がその前に屈んで問うと、千恵がこくりとうなずいた。

「ゆんべのことだけど、千恵ちゃんはどこへ行ってたの」

「……」

千恵は頑固な様子で押し黙り、うなだれている。

その様子が子供らしくなく、お鶴は不自然さを感じたので、さらに追及した。

「あのね、これはとっても大事なことなの。だからどこで何をしていたか、あたしにだけ教えて」

「……」

「ねっ、千恵ちゃん」

「指切りしたの」

「誰と」

「知らないおじさん」

お鶴の顔に緊張が走った。

「どんな約束をしたの」

「わたしと会ったことは誰にも言わないで、二人だけの秘密にしようって、おじさんが言ったのよ。それから何をしてたか父上に聞かれたら、迷子になったと言えばいいって。やさしくて、とってもいいおじさんだったわ」

緊張が高じ、お鶴の胸がひりついた。

「それでね、わたしのことをいい子だからって、これをくれたの」

千恵が袂から鬼灯を取り出し、お鶴に得意げに見せびらかした。

手にするまでもなかった。

(吾市だ……吾市がこの子に近づいている)

お鶴はおぞましさを覚えながら、

「そのおじさん、どこに行ったら会えるかわかる?」

「知らないの、いる所。でも……」

「でも、どうしたの」

千恵は迷うようにして、いやいやをしながら、

「それを言うと、おじさんに怒られるから嫌だわ」

「大丈夫よ。あたしも秘密は守るから」

お鶴は必死だ。

「本当? 父上にも母上にも言わない?」

お鶴がうなずき、千恵と指切りげんまんをした。

千恵の小指は小枝のように細く小さく、お鶴は痛々しい気持ちになった。

(この子を死なせてはいけない)

深くそう思った。

それで安心したのか、千恵は内緒話の声になって、

「日の暮れになったらね、そのおじさんとまた会うことになってるの」

「どこで？」

「越前堀のお船のなかよ。きっとまた鬼灯を貰えるわ」

千恵が嬉しそうな顔で言った。

十四

越前堀はたそがれてうす暗く、夜霧がたゆとうて幽玄の世界となっていた。

通る人とて途絶えたそこから、誰が鳴らすのか鬼灯の音が聞こえてきた。

霧を手で払うようにしながらやってきた吾市が、それを耳にして見る間に嬉しそうな顔になった。機嫌がいい時に彼が見せる、相好を崩したお人好しの表情だ。

「千恵ちゃん、千恵ちゃん」

やさしい声でそう呼びかけながら、吾市が河岸を下り、纜《ともづな》につながれた川船に近づく。筵がこんもりと盛り上がり、そこに千恵が隠れているのがわかった。

着物の裾がはみ出ている。

吾市はそれを目にし、空惚《そらとぼ》けて、

「千恵ちゃん、どこに隠れてるのかなあ。おじさんにはさっぱりわからねえや」

筵に手を差し入れ、千恵の肌に触れたつもりが、そこで吾市は細い目を険しくした。

「なんだ、こいつは」

筵をまくり上げると、千恵の着物を着せた等身大の土人形があった。

(罠《わな》だ)

とっさに吾市がさっとふり向いた。

鬼灯の音がまた聞こえてきて、霧のなかから月之介が現れた。

鬼灯は月之介が鳴らしていたのだ。

「こりゃ、あの時の……いってえどうしたんでごぜえやすか、こんな所へ」

「千恵はこないぞ」

月之介が眼光鋭く吾市を見た。

吾市は目を狼狽させ、

「えっ、な、何を言っているのやら……」

「好きなことだけをして生きたいとおまえは言ったが、それはいたいけな女の子を嬲《なぶ》り殺しにすることだったのだな。お前は類稀《たぐいまれ》な人でなしだ」

「ご冗談を……どうしてあたしがそんなことをするんですね。こんなしがない鬼灯売りをいじめねえで下せえやし」

言いながらも、吾市は四方にうろうろと目を走らせている。

「観念しろ。おまえの罪状は明白だ。もう逃れられんぞ」

月之介が一歩踏み出した。

その時、吾市がふところから匕首《あいくち》を引き抜き、それで纜をぶっ切り、棹《さお》を手にするやそれをくるっと廻して土手に突き立て、船を岸から引き離した。

見事な棹捌《さおさば》きで、船はぐんぐん岸を離れて行く。

月之介は一瞬切歯《せっし》したが、そのまま堀にとびこみ、泳ぎながら船を追った。

近づく月之介に、吾市が棹をふり廻して打撃しようとする。

それを躱《かわ》しながら、月之介の腕が棹の先をつかんだ。それを一気にたぐり寄せる。

「あっ」

棹に引かれ、吾市が川に落下した。

烈しい水しぶきのなかで、吾市は狂ったように匕首をふり廻すが、難なく月之介にもぎ取られた。

月之介は吾市の首根を押さえ、顔を水面に沈める。息ができずに暴れる吾市を、さらに何度も沈めた。

やがて吾市がぐったりとなり、その襟首をつかんだ月之介が岸まで泳いで戻った。

河岸へ吾市を引きずり上げておき、そこで月之介もひと息ついた。

土手の上に木村と弥七が姿を現し、岸へ下りてきた。

木村にうながされた弥七が、吾市に縄を打つ。

「鎧殿、忝《かたじけな》い」

木村が礼を言う。

それはお鶴の探索の成果で、吾市が千恵を狙っていることがわかり、月之介が木村に打ち明けてこうして罠を張ったのだ。

「吾市」

月之介が吾市の髷をつかんで顔を上向かせ、ぐっと覗きこんだ。

「おまえはこれまで、何人の子を嬲り殺しにしてきたのだ」

吾市は不敵なへらへら笑いを浮かべ、

「さあ、数えきれねえよ。憶えてねえなあ。なかには親のいねえみなし子もいたぜ。そういう子はいなくなっても誰も探さねえ。この世から消えたまんまで煙みてえにどろんだ。憐れなものさ」

「もういい、よせっ」

木村が逆上し、吾市につかみかかって強《したた》かに殴りつけた。

顔面を何度も鉄拳がみまい、吾市は鼻血を噴いて転げ廻った。

さらに木村は立って吾市の腹を蹴りまる。

肉を打つ嫌な音がしている。

それを月之介も弥七も、止めないで見ている。二人とも、気持ちは木村とおなじであった。

吾市はぼろ屑のように汚れてうずくまり、苦しい呻《うめ》き声を上げていたが、何やら汚物を吐瀉《としゃ》した。

やがて弥七がふらふらの吾市を乱暴に引っ立て、木村は月之介へ無言で頭を下げ、そして行きかけた。

月之介が吾市の背に声をかけた。

「吾市、お熊がな、おまえのことを仵のようだと言っていたぞ」

「……」

吾市の目からみるみる泪が溢れ出た。

「お熊さん……」

かすれたような声が漏れた。

「おまえには母親がすべてだったのだな」

「……」

吾市は何も言わず、踵《きびす》を返した。

三人の影が河岸の向こうに消えると、月之介は鬼灯を口に当て、鳴らした。

それを鳴らしながら歩き出し、やがてその影も夜霧の彼方《かなた》に消え去った。

河岸に誰もいなくなると、秋の虫たちが一斉に集《すだ》き始めた。

第四話　蚊喰鳥《かくいどり》

蚊喰鳥とは、蝙蝠《こうもり》の別名である。

一

湯島昌平坂の途中にその荒物屋はあり、お明《あき》は二歳になるかならないかの赤子を背中に括《くく》りつけて、店先で桶《おけ》や笊《ざる》に叩《はた》きをかけていた。

お明は下膨《しもぶく》れのぽっちゃり顔で、器量はあまりよくないが、どこかに若い狸《たぬき》のような愛嬌があった。

昼下りで客足は途絶えており、奥ではお明のふた親が遅い昼飯を食べている。

すると坂の下の方から人影が見え、そっちを見たお明がつっと眉間《みけん》に皺《しわ》を寄せた。

別れた亭主の与吉《よきち》がやってきて、申し訳ないような表情を作り、店から離れた所に立って、お明におずおずと目顔でうなずいた。

与吉は二十五で色浅黒く、精悍《せいかん》な面立ちをしているが、月代《さかやき》が五分ほど伸びて無精者の感がした。生活が荒《すさ》んだ様子だ。

お明は奥を気遣いながら店を出て、与吉の方へ寄って行った。

与吉はうなだれて目を伏せている。

「おまえさん、ここへはこないって約束じゃないか。何しにきたのさ」

お明がなじった。

「そう言うなよ、おれだってたまには百合《ゆり》の顔が……」

お明に遠慮しながら、背なの赤子の顔を覗きこんだ。

赤子は機嫌がいいらしく、与吉にへちゃむくれの笑顔を向ける。

「おれを見て笑ったぜ」

「この子は誰にだって愛想がいいのよ」

お明は赤子を与吉から離して、

「おまえさん、後生だからもうこないどくれよ。あたしたちはとうの昔に縁切りをしたんだからさ」

「……」

　与吉の目がじっと腹に注がれているのを見て、お明は後ろめたくなり、ちょっとそれを隠すようにした。

「おめえ、ややができたのか」

「そ、そうよ」

　お明の腹は目立ってきていた。

「誰の子だ」

「あんたと別れた後のことなんだからいいでしょ。お父っつぁんだって認めてくれているのよ」

「どんな相手なんだ」

「博奕《ばくち》をしない人よ。お酒も飲まない堅物だわ」

「……」

「建具屋さんで、百合のこともわが子のように可愛がってくれるのよ」

　与吉が聞き取れないような小さな声で、

「……おれぁもう博奕はやめたんだ」

「今さらそんなこと言っても遅いわよ」

お明が失笑する。

「なんとかならねえか」

与吉は縋《すが》るような目だ。

「ならないわね。あんたとやり直すつもりなんてもうないんだから」

「……」

「帰ってよ。お父っつぁんに見つかったらまた殴られるわよ」

「そいつぁかなわねえや」

与吉がふてくされたように自嘲し、

「どうしようもねえな、おれって奴ぁ」

お明の目からは、今の与吉がとてつもなく情けなく見えて、

「そうよ、あんたはどうしようもない人なのよ。だから別れたんじゃないの。もうあんな思いをするのはまっぴらだわ」

「……」

与吉の脳裡に、かつて喧嘩の絶えなかった夫婦の間の修羅がよみがえった。

その時、店の奥から「お明」と呼ぶ父親の声が聞こえた。

「それじゃあね、おまえさん」

お明は与吉を一顧だにせず、店の方へ急いで踵《きびす》を返した。

「待ってくれ、もう一遍百合の顔を」

与吉の声は届かず、お明の姿は店のなかへ消えた。

「……」

それを見送って暫《しばら》く佇《たたず》んでいたが、やがて与吉は肩を落として昌平坂を下って行った。

そして日が落ちると、与吉の姿は湯島天神下の賭場にあった。

「丁」「半」の声がとび交い、むせ返るような熱気のなかに身を置くと、不思議と与吉の心は落ち着いた。

勝負は途中までよかったが、しだいに負けがこみ、しまいにはすってんてんにされた。

盆茣蓙《ぼんござ》から離れて、与吉は帳場の横で冷や酒を貰って飲んだ。

博奕が病みつきになり、数年前から仕事で稼いでは賭場につぎこむような、そんな生活がつづいていた。それが元で女房のお明も出て行ってしまった。だがわが子への思いは断ち切れず、昌平坂のお明の実家へ行ってしまったのだ。お明が許してくれるとは思っていなかったが、ああしてつれなくされると寂しさは彌増《いやま》した。それにお明の腹にややが授かっていることは予期してなかったので、取り返しのつかない現実を知らされた。

与吉の口から、はあっ、とつくづくと重い溜息が漏れた。

お明のことはともかく、もう一度この手で百合を抱きたかった。

与吉がいかにも暗い酒を飲んでいるので、顔見知りがいても誰も近づかなかった。

だが勝負をしていた一人の女が与吉に目を留め、賭場の若いのにそっと尋ねた。

「ちょいと、あそこにいる人はよくくるのかえ」

「へえ」

「どこの、何してる人なのさ」

「あの人は与吉さんといって、駒込千駄木《こまごめせんだぎ》のいろは長屋で錺《かざ》り職をやってる人ですよ」

若いのが答える。

「ふうん」

女は含んだ目でじっと与吉のことを観察した。

髷《まげ》をつぶし島田《しまだ》に結い、大名縞《だいみょうじま》の小袖を粋に着こなしたその女はお蘭《らん》という。

お蘭の目は少し吊り上がり気味で、その顔は獲物を狙う狐《きつね》を思わせた。

二

寺社の蝟集《いしゅう》した谷中《やなか》を抜け、団子坂《だんござか》を登って行くと駒込千駄木へ出る。

その表通りから裏へ廻り、若い僧の祐天《ゆうてん》は大榎《おおえのき》が目立つ棟割長屋《むねわりながや》の木戸門を潜った。

祐天は女と見紛《みまが》う色白のやさ男で、端整な顔立ちをしており、青々とした剃髪《ていはつ》が光って僧衣がよく似合っている。

看板障子を右から順に見てゆき、大工、左官、桶、下駄ときて、五軒目で歩を止めた。

油障子に、「錺り職　与吉　錠前　承《うけたまわ》り」とある。

「失礼を致します」

祐天が声をかけて戸を叩いた。

なかから「へい」と与吉の声がする。

祐天が戸を開けると、与吉が仕事机に向かって鑿《のみ》と鑢《やすり》を交互に使い、飾り棚に金具を取りつける作業をしていた。

「少しお待ちんなって下せえ」

手が放せないらしく、与吉は祐天の方へ愛想を見せながら作業をつづけている。

祐天は框《かまち》にかけ、「突然押しかけまして」などと言い、所在なげに家のなかを眺め廻した。

土間に流し、竈《かまど》、水瓶《みずがめ》、六帖には米櫃《こめびつ》、飯櫃、行燈《あんどん》、葛籠《つづら》、そして衝立《ついたて》の陰に畳まれた夜具、壁には神棚、さらに男物の着物が二枚ほど吊るしてある。どこにでもある長屋の家の内部だ。

やがて与吉が仕事に切りをつけ、祐天の方へ膝頭を向けた。

「へい、お待たせしやした」

「よろしいのですか」

祐天がどぎまぎとしたように言った。

「急ぎじゃねえんですが、やりかけてたもんで」

与吉はそう言うと、

「どんなご用件でしょう」

「表に錠前承りとありますが、錠前直しのことですよね」

「へい、さいで」

「それはよかった。あ、申し遅れました。わたくしは谷中の長安寺《ちようあんじ》という寺の者で、祐天と申します。実は錠前ではなく、蔵の蝶番《ちようつがい》の方が壊れてしまったものですから、こちらで直して頂こうかと思いまして」

「わかりやした。それじゃすぐにめえりやしょうか」

長安寺は大寺、小寺ひしめく広大な谷中の寺町の一角にあった。

小寺の部類に属するのだろうが、それでも敷地は優に五百坪はあり、墓地には卒塔婆《そとば》が無数に並んでいる。

長安寺は檀家《だんか》の数が多いようだ。

寺の裏手へ廻り、祐天が土蔵の前へ与吉を案内した。

「これなんです」

祐天が土蔵の扉の蝶番を指し示し、腰に挿した錠前を差し入れて廻してみせる。だが錠前は廻らず、与吉が代ってやってみてもやはり動かない。

「蝶番を取り替えねえことには、にっちもさっちもいかねえみてえですね」

「よろしくお願いします。なかのものを出せないので和尚《おしょう》様も困っているのです」

「承知しやした」

和尚というのが別にいて、祐天は弟子僧のようだ。

与吉は持参の道具箱を広げ、そこで仕事をすることにした。

祐天は寺のなかへ消え、与吉は黙々と作業をしている。

壊れた蝶番を取り外し、新しいのをつけていると、背後から下駄の音が近づいてきた。

から、ころ……。

与吉がふり返る。

そこに立っていたのは、お蘭だった。

一瞬、与吉は戸惑った。

どこの女だろう。この寺に住んでいるとは思えないが、それにしてはいかにも勝手知った様子ではないか。しかもお蘭は豊満な肉体の持ち主で、十分に爛熟《らんじゅく》し、まさにふるいつきたくなるような女っぷりだった。着物の胸許からは、こんもりと盛り上がった乳房の谷間が窺える。

「直りますか、それ」

女は声までも美しく聞こえた。

「へえ、もう間もなく」

「よかった」

お蘭は与吉のそばまでくると、とろりとした妖しい目をくれて、

「和尚さんがもうひとつ頼みたいことがあるそうなんですよ」

「なんなりと申しつけて下せえ」

「それじゃあ、それが済んだら言って下さいな。あたしが和尚さんにお引き合わせしますから」

あたしはあそこにいますんでと、お蘭が近くの部屋を教えた。

「さいで」

それでお蘭は行ってしまったが、与吉は解《げ》せない思いでいた。

女は和尚と親しいようだが、正体がさっぱりわからない。建前としては女人禁制のはずの寺に、どうしてあんな女がいるのか。

しかしその謎はすぐに解けた。

お蘭に伴われて方丈《ほうじょう》へ行き、そこで与吉は住職の千海《せんかい》に引き合わされた。

千海は四十前後の海坊主を思わせる男で、眉が濃く太く、人を射抜くような鋭い目をしていた。白い僧衣を着て、暑いのか胸元を少し広げ、そこから獣のような胸毛が覗いている。威圧感もあるから、与吉はこういう手合いは苦手だと思った。

千海は蝶番を直してくれたことの礼を言ったあと、それからおもむろに、

「与吉さんとやら、ついでと言っちゃなんだが、おまえさんにかんざしを一本頼みたいんだ。金に糸目はつけないよ」

野太い声で言った。

与吉はとっさに面食らって、

「へっ？　かんざしをですかい」

思わず千海の坊主頭を見た。

すると千海は大笑いをし、自分の頭をつるりと撫でて、

「わしがかんざしを挿してどうするんだね」

「あっ」

それが同席しているお蘭のものとわかり、与吉は自分の間抜けさに顔の赤くなる思いがした。

「このお蘭のだよ」

「さいで。こいつぁとんだ失礼を」

それで女の名がお蘭とわかり、千海の妾であろうことに察しがついた。

「それで、どんな造作にしやしょう」

「今流行《はや》りのかんざしで、心に鍵というのがあるだろう」

「へえ」

かんざしも様々で、鼠《ねずみ》に俵、纏《まとい》見立て、廻り燈籠《どうろう》、蛇《じゃ》の目傘《めがさ》、鼓《つづみ》など、乙《おつ》な名がついている。心に鍵もそのひとつで、細工に意匠《いしょう》が施され、評判を取っていた。

「そうしやすと、材料は何がよろしいんで？　金、銀、鼈甲《べっこう》、象牙《ぞうげ》と、いろいろございやすが」

与吉が二人に問うた。

「どれにするかね、お蘭」

千海に問われ、お蘭は迷わず、

「銀にして下さいな」

と言った。

「それじゃ銀でこさえておくれ。心に鍵なんていい呼び名じゃないか。おまえの心にも鍵をかけないとね」

千海がお蘭を意味ありげに見て言った。

お蘭は「うふふ」と忍び笑いをする。

その二人の様子を見て、こういう女を妾に持つと、和尚も気が休まらないのだろうと、与吉は内心で思った。

三

その日の昼下りに、娘岡っ引きのお鶴が鎧月之介の道場を訪ねてきた。

その時月之介は台所で洗い物をしていて、それを見たお鶴が悲鳴を上げるようにして駆け寄り、「鎧様がこんなことしちゃいけません」と言って強引に洗い物を代った。

月之介は苦笑しながらそれを譲り、座敷へ行った。

庭から吹きつける秋の風が心地よい。

お鶴は洗い物を済ませると、茶を持って月之介の前にきて座った。

「今日は何用だ、お鶴」

「聞いて下さいますか」

「うむ」

「よかった」

お鶴は胸許に挿んだ手拭いを取り出し、折り畳んだそれを広げた。

透かし彫りの高価な櫛が現れた。

「これ、死んだ人の遺品なんです」

「……」

月之介が櫛を手に取り、見入った。

白髪が二、三本、櫛の歯の間に挟まっている。

「持ち主は老女のようだな」

「六十二の後家さんでした」

月之介がお鶴を見て、

「何かいわくのある品なのか。どうしておまえが持っている」

「引き取り手がないからです。身寄りもそうですけど、詮議《せんぎ》の方も打ち切られてしまいました」

「死んだのはいつのことだ」

「お奉行所のお医者さんの見立てでは、死んだのはふた月くらい前じゃないかと」

「どうやって死んだのだ」

「わかりません。見つかった時は舎利《しゃり》になってましたから。骸骨《がいこつ》の頭にまばらな髪が残っていて、それにこの櫛が挿してあったんですよ。透かし彫りのとても贅《ぜい》沢《たく》な品ですから、それを元に櫛職人の間を駆けずり廻って、ようやく身許が知れたんです」

「ふん、ぞっとしそうな話だな」

そう言って、月之介が目顔で話の先をうながした。

お鶴の話によると、こうだ。

ふた月ほど前に死んだと思われるその仏は、上野《うえの》元黒門町《もとくろもんちょう》に住むお貞《さだ》という女で、子はなく、縁者もなく、お貞は死んだ亭主が残してくれた家作の上がりで裕福に暮らしていた。

それがいつの間にか姿が見えなくなり、土地や家を借りている者たちが、地代や店賃を持って行ってもお貞がつかまらないので騒ぎ出した。

しかし役人たちがきて調べても、一向にお貞の行方はわからない。初めのうちは殺害か拉致《らち》かと、役人たちも色めきたったが、事件になんら進展が見られぬまま時が過ぎ、捜索は打ち切られることになった。役人たちは多忙であるし、次から次へと事件は起こるから、いつまでも失踪人一人に関わっていられなかったのだ。

そのお貞の遺骸《いがい》が見つかったのはひと廻り（七日）前のことで、元黒門町の家からさほど遠くない深泥《みどろ》ケ淵《ふち》という沼であった。不忍池《しのばずのいけ》の近くである。

お貞はすでに白骨化し、その頭蓋骨《ずがいこつ》が水面に現れていたところを発見されのだ。役人たちが駆けつけて調べたが、骨に大きな損傷はなく、沼に誤って落ちたのではないかということになり、その一件は処理されたのだという。

「でも、どう考えても変なんです」

お鶴が不満そうに言った。

「お貞という人は足が少し悪くて、そんな沼なんかに近づくはずはないって、家作を借りてる人たちが声を揃えて言うんです。外出も滅多にせず、梅や桜が咲いても見に行かないような人で、家に引き籠もってる方が多かったらしいんですよ。そのくせ着物や身の周りのものには惜しげもなく金を使う人だったらしく、この櫛もそうなんです。変ですよね、どこにも行かないのにそんなものに金をかけるなんて」

「それも女心であろうな」

月之介は無頓着《むとんちゃく》な言い方だが、その事件に決して無関心ではないようだ。

「深泥ケ淵というのは、元黒門町から行くと不忍池をぐるっと廻って、寛永寺《かんえいじ》と三河吉田藩《みかわよしだはん》のお屋敷の間にある寂しい所です。夜なんか獣が出るような怖ろしい場所ですから、昼でさえ誰も近づきません。そんな所へお貞さんが一人で行くなんて、考えられますか」

月之介が無言で首肯《しゅこう》する。

「だからあたし、お役人方は引き上げちまいましたけど、どうしても解せないのでもっとよく調べてみようと思ってるんです」

月之介が瞠目《どうもく》して、

「お鶴、おまえはいい岡っ引きになるぞ」

「えっ」

「この一本の櫛には、死者の怨念が宿っているように感じられる」

お鶴が目を輝かせて、

「鎧様もそう思われますか」

「うむ」

「それじゃこれには、やはり怪しい節があるんですね」

「それを調べてみるのだ」

四

銀を扱うのは気骨の折れる仕事で、瑕《きず》をつけてはいけないし、思ったような形にならないと苛立ちもする。

与吉は朝から仕事机に向かい、お蘭のかんざし作りに精魂をこめていた。

博奕に狂い、自堕落《じだらく》な暮らしを始めてからというもの、こんなに熱心に仕事に取り組んだのは久しぶりのことで、自分でも驚くほどだった。

それというのも、できのいいものを作って早くお蘭の喜ぶ顔が見たいからなのである。

あの日からこっち、お蘭のことを思わぬ日はなかった。

眩《まぶ》しいような豊満な肉体に圧倒され、お蘭のことを考えるといつも下腹部が疼《うず》いた。

しかし与吉の方から何もできるわけではなく、ゆえに思いは堂々めぐりをし、悶々とした日々はつづくのだ。

その思いの行き着くところは、

――所詮は人の女。

だから、より与吉の胸は焦げるのである。

あの海坊主のような千海に、お蘭が抱かれる姿を想像するだけで、胸の裂けるような思いがした。

（こいつぁ恋煩《こいわずら》いか）

いい歳をしてと、自嘲した。

から、ころ……。

その時、聞き覚えのある下駄の音が聞こえてきた。

（まさか……）

与吉が仕事の手を止め、耳を欹《そばだ》てる。

長屋の住人ではなさそうだ。

油障子がそっと叩かれた。

ぎくっとした与吉が見やると、障子にすらりとした女の影が立っていた。

「どちらさんで」

かすれたような声で問うた。

「あたしですよ、与吉さん」

紛《まが》うことなきお蘭の声だ。

すばやく立って土間に立ち、ちょっとためらった後に障子を開けた。

そこに立ったお蘭が、艶然とした笑みを浮かべる。

今日は墨と鼠、藍《あい》を組み合わせた粋な縞柄の小袖を着ている。

「お蘭さん、どうしてここへ……」

「あたしのかんざしの進み具合が見たくて、きちまいました」

「……」

「入ってもよろしい？」

「へ、へい、どうぞ……」

与吉は慌てたようにお蘭を招じ入れ、仕事の途中なんでとしかつめらしく言い、茶も淹《い》れずに仕事机に向かった。

お蘭は框にかけ、そこから自分のかんざしが作られているのを見ている。

「与吉さんは、お独りなんですか」

「へえ」

与吉が上の空で返事をする。

「おかみさんは」

「……」

「ご免なさい、余計なこと聞いちまって」

「女房は出てっちまったんで」

「おや」

「あっしの無分別がいけねえんですよ」

「そんな人には見えませんけど」

「こいつにはまっちまいましてね」

お蘭に見返り、壺をふる手真似をして見せた。

「まあ、博奕ですか……」

湯島天神下の賭場で与吉に目を留めたことなど、毛ほども匂わせずにお蘭が言う。

「自業自得ってえやつですよ」

「それじゃ、お寂しいでしょう」

「そんなことはねえと言うと嘘になりやすけど、まっ、これも仕方のねえことと……」

「そうですか」

お蘭が不意に下駄を脱いで上がり、与吉の背後に座って作業の手許に見入ると、

「とってもいいわ。おまえさんに頼んでよかった」

ふり向くと、間近にお蘭の顔があった。

お蘭は妖しげな視線をくれている。

与吉は少なからず身を硬直させた。

お蘭の脂粉の匂いが漂い、目が眩《くら》みそうになった。そしてわれを失いそうになるのを怺《こら》えるかのように、

「お蘭さんは、和尚さんとは長えんですか」

遠慮がちに聞いてみた。

「この一年とちょっとですよ」

「さいで」

「あたしのこと、どんな女と思ってるんですか」

「いえ、そう言われても……」

与吉の狼狽《ろうばい》ぶりを、お蘭は悪戯《いたずら》な目で見ながら、

「どうせあたしなんざ、まともな女に見られてませんよねえ」

「あ、あっしはそんなふうには思っちゃいませんぜ」

「本当かしら」

「お蘭さん」

「いいんですよ、どう思われてようが。与吉さんみたいな堅気の人とは、元々ご縁がないんでしょうから」

その言葉に与吉が困惑していると、お蘭は土間へ下りて下駄を突っかけ、

「ご免なさい、お仕事の邪魔して。また見にきてもいいですか」

与吉は千海の海坊主のような顔を思い出し、ぶるっと怖気《おぞけ》をふるったが、

「へえ、いつでも……」

「それじゃ、また」

お蘭が会釈して出て行った。

与吉は鑢を持ったまま、茫然《ぼうぜん》としていた。

お蘭は何をしにきたのか。与吉の心を掻き乱しにきたのか。弄《もてあそ》ばれたようにも感じられたが、悪い気はしなかった。

「与吉さんみたいな堅気の人とは、元々ご縁がないんでしょうから」

お蘭のその言葉が、いつまでも耳に残って離れなかった。

五

車坂町《くるまざかちょう》は下谷界隈《かいわい》に三つもあり、猫千代とお鶴は訪ねあぐねてまごついてしまった。

一つは不忍池の南、下谷長者町《したやちょうじゃまち》つづきにあり、二つ目は不忍池の東、車坂門の東にもある。さらに寛永寺の東、屏風坂門《びょうぶざかもん》の東北にも車坂町があるのだ。揚句《あげく》、三つ目の屏風坂門の車坂町で、ようやく目当ての家に辿《たど》り着けた。

「参ったね、たまげましたよ。こんなことなら車坂町その一、その二とかつけてくんないと迷惑ですよ。あたしを誰だと思ってるんだろう」

歩き廻ってくたくたの猫千代がぼやくのを、お鶴がなだめている。

お鶴はお貞死亡の謎を追及するうち、手が足りなくなって太鼓持《たいこも》ちの猫千代に助っ人を頼んだのだ。

猫千代は飯つきという条件で、それを引き受けた。

そして家作を借りていた人たちから、お貞が懇意にしていた人物を割り出し、こうして車坂町へやってきたのである。

目当ての家は屏風坂門前で、山崎屋《やまざきや》という生蕎麦《きそば》の店を出していた。名代《なだい》らしく大きく立派な店で、客で立て混んでいる。

片隅の席が空いていたので、二人はとりあえずその飯台に向き合って座った。

板壁の張紙を読んだ猫千代が、「おねえさん、天ぷら蕎麦に上酒一合」と言うのへ、お鶴がその手の甲をぴしゃりと叩き、

「何考えてるの、猫千代さん。天ぷら蕎麦は三十二文、お酒なんて四十文もするのよ。あたしがそんなにふところが温かいわけないでしょ」

と言い、二人揃って十六文のもり蕎麦を頼んだ。

「それじゃ元気出ないよ、お鶴ちゃん」

「いいのよ。猫千代さんには若さがあるんだから」

「とほほ」

店では赤い前垂れ姿の小女たちが元気よく働いていて、板場で采配《さいはい》をふっている主《あるじ》らしき中年男の姿が見える。

蕎麦を食べ終えると、お鶴は小女の一人に頼んでその主を呼んで貰った。

やってきた主は、お鶴に十手を見せられると玉吉《たまきち》と名乗り、奥の小部屋へ二人を招き入れた。

そして向き合うなり、玉吉はお鶴より先に口を切って、

「おっ母さんの居場所がわかったんですか」

と聞いてきた。

お鶴は面食らい、

「ちょっと待って下さい。おっ母さんとはお杉《すぎ》さんのことですよね」

「そうです。わたしの実の母親です」

「そのお杉さん、いなくなったんですか」

「ええ」

「いつから」

「もう半月になります」

お貞といい、お杉といい、次々にいなくなる奇妙な符合に、猫千代とお鶴はおぞましい気分で見交わし合う。

「そのこと、お上へは？」

お鶴が聞いた。

「池《いけ》の端《はた》の宗兵衛《そうべえ》親分に行方を探してくれるように頼んだんですが、一向に埒《らち》が明きません。おまえさんは宗兵衛親分に言われてきたんじゃないんですか」

「違います。あたしは元黒門町のお貞さんとこちらのお杉さんが親しかったと聞いて、それでここへきました。ちょっとしたことで、お貞さんのことを聞きたかったんですよ」

「お貞さんならよく知ってます。確かにおっ母さんが懇意にしてました。お貞さん、近頃見かけませんけどどうしたんですか。そう言えば、おっ母さんも以前から心配してましたよ」

玉吉はお貞が死んだことを、まだ知らないようだ。

その話をここですると、お杉の失踪と重なって玉吉が不安がると思い、お鶴はそれには触れぬことにした。

そして頭を切り替えると、

「それじゃ、お貞さんのことはさておいて、お杉さんがいなくなった経緯《いきさつ》を聞かせて下さい」

「探してくれるんですか」

「ええ」

玉吉が経緯を語る。

山崎屋はお杉が亭主と二人で始めた蕎麦屋で、それが五年前に亭主と死に別れ、お杉は身も世もなくなった。それで倅《せがれ》の玉吉に店を譲り、離れに隠居所を建ててそこに引き籠もり、好きに暮らし始めた。幸い山崎屋は玉吉の頑張りで名代の店になり、お杉は悠々自適《ゆうゆうじてき》の身分になれた。やがてお杉は家人に告げずに勝手に出かけるようになり、十日ほども戻らないようなことも多々あった。あとで聞くとそれが江の島であったり、武州川越《ぶしゅうかわごえ》であったりして、玉吉を驚かせた。

お杉にはおなじような結構な身分の隠居仲間がいて、その人たちとよく遊山《ゆさん》に出かけるのだ。行く先を告げないのは、お杉の昔からの性癖であった。

今度のこともそうではないかと思っていたが、ひと廻りが過ぎ、ふた廻りも近くなると、さすがに玉吉も不審に思って隠居仲間を聞いて廻った。実の母親がいなくなったのにのんびりしていると思われかもしれないが、店の方が連日忙しくて気が廻らなかったのだと、玉吉が言い訳をする。

ところが隠居仲間たちはそれぞれの家にいて、遊山旅などではないことがわかった。

　それで上野池の端の宗兵衛という岡っ引きに相談してみたのだが、一向に埒が明かず、依然としてお杉は帰ってこず、不安を募らせていたのだと言う。

「お貞さんの所にも聞きに行ったんですか」

　お鶴の問いに、玉吉はそれを否定して、

「いいえ、お貞さんも隠居仲間には違いないんですが、いつものお仲間とは別なんで行ってません。お貞さんは出不精《でぶしょう》の人らしく、もっぱらおっ母さんの方が元黒門町へ出かけてましたね」

　そこで初めて猫千代が口を開き、

「お杉さんとお貞さんはどこで知り合ったんですか。後家さん同士というのはよくわかりますけど」

「亭主同士が知り合いでしたから、お貞さんとは旧《ふる》いつき合いなんです。わたしも子供の頃から知ってました。それに檀家もおなじなんで、出不精のお貞さんもおっ母さんに連れられて墓参りには行ってましたよ」

「その檀家ってのはどこのお寺でしょう」

　さらに猫千代が聞く。

「谷中の長安寺という寺です」

頃合いよしという顔を猫千代が向けてきたので、お鶴はそこで切り上げることにした。

「ほう」

六

山崎屋を出て近くの茶店で休みながら、お鶴が猫千代に尋ねた。

「猫千代さん、これってどういうことなのかしら」

猫千代はさも思慮深い人間のように腕組みをして、

「ふむ、ふむ……なんだか妙な話だよねえ。婆さん二人が偶然にもいなくなって、しかもふた月前に消えたお貞って人は、深泥ケ淵で舎利になってたんだろう。お杉婆さんがひょっこり帰ってくりゃいいけどさ、もしそうでなかったら……」

「そうでなかったら？」

「お杉婆さんも舎利ってことに」

お鶴がどきっとして、

「そ、それは、でも……ちょっと待って、二人に共通してるのはまず旧くからの知り合いということよね、猫千代さん」

「ううん、もっとぴったんこなのは檀家がおなじだってこと」

「あっ」

「そしてさらに共通してるのは、二人ともお金持ちだってことだよ。うらやましいけど」

お鶴が表情を引き締めて、

「あたし、なんだか恐ろしくなってきちゃった……猫千代さんの考えてること、言ってみて」

「あたしの考えてることは、天ぷら蕎麦に上酒一合」

「ふざけないで」

「たはっ、叱られちゃった」

そこですっと猫千代も真顔になり、

「これ、もしかして、誰かが二人の婆さんの金を狙ったんじゃないのかな」

「誰かって誰よ。今のところ怪しい人は一人もいないのよ」

「これからそれを見つけるのさ」

そこで急に月之介の口調になって、

「お鶴、まずはお貞の財産を調べてみるのだな」

「はい」

と言ってしまい、お鶴は猫千代をきっと睨《にら》んで、

「猫千代、お鶴ごときをからかってないですぐに動くのだ。よいな」

やはり月之介の口調で言った。

猫千代は「ふん」と言って、片頬だけのしらけた笑みを浮かべた。

七

へちゃむくれの百合が火がついたように泣いていた。

与吉は夢のなかで、近所迷惑だから慌てて百合をあやそうとする。だが百合に手が届かず、その小さな姿は離れて行くばかりで、もどかしい思いで寝返りをうち、そこで目が醒めた。

「……」

夢とわかり、やるせない溜息を吐《つ》く。

どんな時でも、百合のことが頭を離れたことはなかった。

水を飲もうとして起き上がり、そこで与吉はぎょっとなった。

土間にぼうっと人影が立っていたのだ。

「だ、誰でえ……」

泥棒と思い、仕事机に手を伸ばしてとっさに鑿《のみ》をつかんだ。そうしながら目を凝らし、驚きで声を上げげそうになった。

その人影はお蘭で、何も言わずに座敷へ上がってきた。

「与吉さん」

ねっとりとした目でお蘭が与吉を見た。

与吉は鑿を放り投げ、茫然とした声で、

「お、お蘭さん、どうしたんだ。びっくりするじゃないか」

「おまえさんに逢いたくてね、きちまったんだよ」

「ええっ」

与吉が座りこんだ。

お蘭がゆらっと身を崩し、与吉にもたれかかってきた。ぷうんと酒の匂いがする。

突然のことなので、与吉はどうしていいかわからないでいる。

「初めて逢った時から、あたしゃおまえさんのことが……ねえ、この気持ち、わかっておくれでないかえ」

「酔っているのかい、お蘭さん」

「そうだよ。酔わなきゃこんなことできやしないよ」

お蘭はさらに与吉に迫り、その首に両の手を絡ませてきた。

甘いような女の吐息が匂う。

与吉はおたつき、すっかり動転し、それでも懸命に落ち着こうとして、

「お蘭さん、いけないよ。こんなことが和尚さんに知れたら大変だ。あっしゃ八つ裂きにされちまう」

「あんな生臭坊主、こっちが八つ裂きにしてやりたいよ」

「何かあったのかい、お蘭さん」

「詮索はいいからさあ……おまえさん、女に恥を掻かせるつもりかえ」

そう言いながらお蘭は手早く帯を解き、着物を肩からはらりとずり落とすと、襦袢《じゅばん》だけのしどけない姿になった。

その白い裸身が月明りに透けて見える。

お蘭は昂《たかぶ》って妖しい息遣いになり、胸の谷間を喘《あえ》がせている。

与吉は目が眩みそうになった。

下腹部が痛いほどに疼いている。

それでわれを失った。

「お蘭さん、あっしもお蘭さんのことが」

「本当かえ」

「夢にまで見ましたよ」

「ああっ、嬉しい」

お蘭が与吉にのしかかり、押し倒した。

そして火照《ほて》った熱い頬をこすりつけ、与吉の唇を吸った。

八

長安寺の本堂から高らかに千海の読経が流れ、法要が執り行われていた。

施主は蔵前《くらまえ》の札差《ふださし》佐野屋《さのや》治助《じすけ》という男で、その日は女房の三廻忌《さんかいき》なのである。治助はまだ三十前の若さだったから、それが気丈に施主を務める姿が健気《けなげ》で、思わず参列者の同情を誘った。

分限者《ぶげんしゃ》の法要なので参列者もひとかどの者が多く、なかには佐野屋に扶持米《ふちまい》のことで世話になっている旗本も何人かいた。

こういう時、お蘭は姿を見せず、祐天一人が料理の手配りや酒屋の応対などをし、忙しく立ち働いた。

読経が終わって宴席に席が移されると、祐天を見かねた女たちが手伝った。日頃女に接しないせいか、祐天は異性に話しかけられるたびに顔を赤くした。それがまた初々《ういうい》しいようで、色白やさ男の彼の風貌と相まって、女たちが面白がり、あるいはひそかに胸をときめかせる者もいた。

やがて散会となったが、佐野屋治助は長安寺を立ち去らず、山門にて参列者に厚い礼を述べて見送った。

そうして治助は千海に多額の布施《ふせ》をし、祐天にも労をねぎらって心づけを与えると、一人で墓地へ向かった。

亡妻の墓の前に額《ぬか》ずき、一心に拝む。

治助の妻は若死だったから、その悲しみもひとしおで、彼にとってその死は昨日のことのようなのだ。

拝みつづける治助の背後に、どこからきたものか、すっと月之介が立った。

治助がふり向き、戸惑いの目になった。

「ここの住職は申し分がないようだな」

月之介が言った。

「は、はい……お武家様はどちらの御方でございますか」

「気にせんでくれ。おれもおまえとおなじく若くして妻を亡くした口なのだ」

「ここが菩提寺《ぼだいじ》なのですか」

「いや、おれのは遠州にある」

それだけは本当のことを言った。

「左様で」

「通りすがりにおまえの法要を聞き、人ごとと思えずに立ち寄った。どうだ、同病相憐れむではないが、そこいらで妻を偲《しの》んで一献傾けぬか」

「はあ」

治助は突然姿を現した見知らぬこの浪人を、格別不思議とは思わず、妻を偲ぶというひと言に気持ちが素直に傾いた。

九

だが妻を偲ぶというのはあくまで月之介の方便だったから、二人して近くの小料理屋へ上がるや、亡妻のことを語り始める治助の話を早々に切り上げさせ、月之介は本題に入った。

「長安寺の住職のことだが」

「和尚様が何か」

治助が目をぱちぱちさせて問い返す。

「どんな男だ」

「ど、どんなと申されましても、立派な和尚様でございますよ。長安寺は瑞応山長安寺と申し、日蓮宗《にちれんしゆう》で、甲斐国身延《かいのくにみのぶ》、久遠寺《くおんじ》の末寺と聞いております」

「千海はあの寺に古いのか」

「いえ、こちらへ参られましたのは一年前でございます。その前は違う和尚様でしたが、その御方が身延へ戻られ、千海和尚様がやって参ったのです」

「一年前から……」

月之介がつぶやく。

「それから檀家をそのまま引き継がれ、千海和尚様はつつがなくやっておられますが」

「しかし佐野屋、僧侶とて生身の男だ。何か浮いた噂を耳にしたことはないか」

月之介が俗な聞き方をした。

とたんに治助は警戒の目になって、

「そんなことを聞いてどうなさるおつもりでございますか。わたくしは和尚様の足を引っ張るようなことはしたくございません」

月之介が治助の顔色を読んで、

「と言うことは、やはり裏があるのだな」

「……」

「どうなのだ、佐野屋」

「わたくしの口からは、何も申し上げられません」

治助は頑《かたくな》だ。

「遠くからあの和尚をひと目見て、おれはすぐに生臭坊主だと思った。男色か女色か、いずれかに生き甲斐を持つ男であろう。違うかな」

「申し訳ありませんが、わたくしはこれで」

席を立とうとする治助の袖を、月之介がつかんだ。

「まあ、待て」

「その手をお放し下さい。さもないと人を呼びますよ」

「……」

月之介が治助から手を放した。

そして行きかかる治助に向かい、

「千海には人殺しの嫌疑がかかっている」

「……」

治助が驚愕の顔で見返った。

「それをおれは調べている。おまえに近づいたのもそのためだ。悪く思わんでくれ」

月之介が有体《ありてい》に吐露《とろ》した。

治助が戻ってきて、座り直すと、

「どういうことでございますか。和尚様が誰を手にかけたというのですか」

「その前に聞かせてくれ。千海にどんな秘密がある」

治助はちょっとためらっていたが、

「寺に女を住まわせてるんでございます」

「女？……」

「それも脂ののった、いかがわしい女狐なのでございますよ。檀家の衆は皆さん、眉をひそめておられます。でもこればっかりは口にするわけにもゆかず、困ってるんです」

「千海は公然とそれをやっているのか」

「まっ、今日のような時は女を寄りつかせないようにしておりますが、ふだんはおおっぴらに出入りをさせてるんです」

「檀家の皆で意見をしたらどうだ」

「あの和尚様はふだんはおやさしいのでございますが、怒ると怕《こわ》いので、誰もそんなことは言えません」

「どんなふうに怕いのだ」

「猛り狂うと、まるでやくざ者のように」

「ふん、それは海千山千だな」

「和尚様が人殺しというのは、本当のことなんですか」

「まだ確証はない。しかし檀家の老女が二人も行方をくらましている。そのうちの一人はすでにこの世の者ではないのだ」

治助が悲鳴を上げそうになって、

「そ、それは元黒門町のお貞さんのことではないのですか」

月之介がうなずく。

「ああっ、やっぱりそうだったのか……」

「噂にでもなっているのか」

「もうふた月も見ないので、皆で心配して、それからいろんな憶測が飛び交ってました。あの足の悪いお貞さんが、和尚様と連れ立って歩いてるのを見たという人がいて、噂に尾ひれがついて、お貞さんは和尚様にどうにかされたのではないかと、そういうことを言う人もいたものですから」

「連れ立っているのを見たというのは、どこの誰だ」

「おなじ檀家の人でございます。根津門前町《ねづもんぜんちょう》で大きな仏具屋を営む井口屋《いぐちや》さんです」

「ふむ」

「そ、それでももう一人というのは、どなたでございますか」

「下谷車坂の蕎麦屋の隠居だ」

治助が顔を強張《こわば》らせて、

「お杉さんでございますね」

「そうだ」

「……」

「お杉のことで何か知っているのか」

「いえ、お杉さんの噂は何も聞こえて参りません。けど……」

「どうした」

「わたくしは不審に思っておりました」

「どんな不審だ」

「それは……」

治助が言い淀《よど》む。

「申せ、佐野屋。お貞、お杉のためだぞ。それに次はおまえが狙われるかも知れん」

「ええっ」

治助が怯《おび》えた表情になった。

月之介がぐっと顔を近づけ、

「お杉のことでどんな不審を抱いていた」

「わたくしとお杉さんとはおなじ檀家のよしみもあって、昔から親しい間柄でございました。言ってみれば母親と倅のような仲で、あの方がよく勝手に家を空けて玉吉さんを困らせていたので、倅みたいなつもりで説教をしたこともございました」

月之介は無言で聞いている。

「それが半月以上も前のことになりましょうか、下谷広小路でばったり出くわしたんでございます。その時のお杉さんは何かを怕がっているようで、いつもと違っておりました。わたくしがわけを聞くと、誰かに狙われているような気がすると……」

「狙われている」

「はい。けどわたくしはそれは考え過ぎだと笑いとばして別れたのですが、あれは今思えばお杉さんを見かけた最後だったんでございますよ」

「……」

「その後山崎屋さんへ行って、お杉さんのことを尋ねますと、おっ母さんはまた行く先を告げずにどっかへ行っちまったと、玉吉さんが嘆いておりました。それから今日まで、やはりお杉さんは戻らず、これはあの人の身に何かあったんじゃないかと……誰かに狙われていると、最後に言ったお杉さんの言葉がずっと胸にひっかかってるんでございます」

「……」

「あのう、本当に和尚様がお杉さんを」

治助が恐る恐る聞くと、月之介ははぐらかすようなうす笑いを浮かべ、

「和尚が下手人《げしゅにん》なのか、共にいる若い僧の方か、あるいは今の話の女狐の仕業《しわざ》か。この世は奇々怪々だからな。その辺はまだ定かではないのだ」

十

情交後の与吉とお蘭が、夜具にぐったりと裸身を横たえていた。

表はよく晴れて、長屋の路地で遊ぶ子供たちの活発な声がしている。

「……あたしはね、与吉さん」

お蘭がぽつりと語り出した。

「小さい頃からいい思いをしたことが一度もなくって、貧乏のどん底を這い廻るようにして育ってきたんだよ」

「ふた親はどうしたんだ」

「お定まりのよくある話さ。お父っつぁんはろくでなしで、仕事もしないで朝から酒を飲んでるような男だった。おっ母さんはそれを嘆くばかりで何もせず、揚句は男をこさえて出てっちまった」

「兄弟はいないのか」

お蘭はこくっとうなずくと、

「それでね、あたしも十六になった時、お父っつぁんを見限って逃げ出したのさ」

「十六じゃ、ひとりで飯を食う知恵もあるめえ」

「そこはよくしたもので、すぐに男がついたよ。けどそれが悪い男で、あたしを本所入江町の岡場所に売りとばしたのさ」

与吉が驚きでお蘭を見ると、

「おめえさん、女郎だったのか」

「そうだよ。嫌になったかえ」

「そ、そんなことはねえけどよ……」

お蘭が手を伸ばしてきて、与吉と手を結び合った。

「そうして好きでもない男に身を任せてるうち、去年になって千海に身請けされたんだ」

「和尚が苦界から救ってくれたんだな」

「確かにそうだけど、今思えば女郎屋にいた方がまだましだった」

「どういうことだ」

「気持ちが悪いのさ、千海って男は。あの面を見てもわかるだろう。しつこくていやらしくて、あいつに抱かれるたびにあたしの躰が腐ってくような気がするんだ」

「……」

千海がお蘭の躰を欲しいままにし、責め立てている姿態が目に浮かび、与吉の胸は悪くなった。嫉妬の焔《ほのお》が抗し難く燃え上がる。

「あの男から逃げたい。どこか遠くへ行って自由に暮らしたい。あたしはいつもそのことばかり考えてるんだよ」

「逃げたらどうなんだ」

「前に三度、それをやったけど駄目だった。千海は上野のやくざ者と通じていて、あたしがいなくなるとすぐに手を廻して見つけだされちまう。そのあとがひどいんだよ。ろくに飯もくれなくなって、三日三晩納戸に閉じ籠めて責め立てるんだ。まるで女郎の折檻《せっかん》さ」

与吉がとっさに表を窺うようにして、

「だったら、ここへきてることも知られてるんじゃねえのか」

「今のところは大丈夫だけどね、そのうち嗅ぎつけられるかも知れない。そうなると、おまえさんには悪いけど一蓮托生《いちれんたくしょう》だ。痛い目に遭《あ》うのは覚悟しておくれ」

「冗談じゃねえ、そんな目に遭わされてたまるかよ」

「なんとかならないかねえ、与吉さん」

「な、なんとかって、どうするんだ」

与吉は動揺している。

「寺へ忍びこんで、あいつを棒きれか何かで叩きのめして、大怪我でもさせておくれよ。そうしたら少しはおとなしくなるかも知れない」

「……」

「そんな勇気はないかえ」

「い、いや、あんたがやれと言うならできねえことも……」

「やっておくれよ、あたしのために」

「おれとおめえさんはこの先どうなるんだ」

与吉は真顔だ。

「それはあんたしだいじゃないか」

このお蘭と一緒になるのか。一瞬、百合の顔が瞼《まぶた》をよぎった。だがそれはすぐに遠ざかった。

「お蘭さん」

与吉がお蘭の躰に手を伸ばしてきた。

「ああっ、おまえさんが好きでたまらない。抱いておくれ」

お蘭が烈しく感情を昂らせ、与吉に縋りついてきた。

十一

根津門前町は根津権現の南に位置し、宝永《ほうえい》三年（一七〇六）に千駄木から当地へ引き地となった時、お上より門前の町屋を許され、根津門前町となった。

ここはいつの間にか繁華な町となり、煮売り屋や料理茶屋が軒を連ね、また少し奥へ入ると岡場所が何軒も建ち並んでいる。ゆえに夜ともなると紅燈《こうとう》が妖しく男を誘い、えもいわれぬ風情の町と化すのだ。

そんななかにあって、仏具屋の井口屋はひとり威厳を保つようにし、大通りに店を張っていた。

初老の主は権兵衛《ごんべえ》という堅物で、謹厳実直を絵に描いたような男だ。

広い店には大小の仏壇を始め、磬架《けいか》、須弥座《しゅみざ》、経机、経箱、礼盤《らいばん》、仏具としての什器《じゅうき》、果ては仏像や僧衣まで、様々なものが所狭しと置かれてある。

月之介が訪れた時、日暮れも近かったので客足はまばらで、権兵衛が帳場でひとり、煙草を吸っていた。

武家の姿を見て、権兵衛が慌てて灰吹きに煙管《きせる》の火を落として畏《かしこ》まる。

「へい、なんぞ」

「元黒門町のお貞のことで、話がある」

月之介が来意を告げると、権兵衛はさっと表情を硬くし、奥へ通した。

「お貞さん、帰ってきたんでございますか」

権兵衛がまず気掛かりな表情で言った。

やはり権兵衛も、お貞の死は知らないようだ。

月之介は「いや、そうではない」と言葉少なに否定しておき、

「佐野屋から聞いたのだが、おまえは長安寺の住職とお貞が連れ立って歩いているのを見たそうだな」

「はい、確かに……」

そう言ったあと、月之介へうろんな目を向けて、

「お武家様はなぜそのようなことを」

「お貞の行方知れずを調べているのだ」

「お上の御用でもなすってるんでございますか」

「まっ、そんなところだ」

曖昧《あいまい》に口を濁しておき、

「その時のことを聞かせてくれんか」

「は、はい」

月之介のことを格別怪しい人物ではないと思ったのか、権兵衛は記憶を辿るようにしながら、

「あれはもう、ふた月以上も前のことになりますな」

語り出した。

「うちで仏壇を作らせております職人が池之端《いけのはた》に住んでおりまして、そこへ行っての帰りに不忍池を通ったんでございます。すると前から千海和尚とお貞さんが歩いてきたんですよ。和やかに語らっているのなら、どちらも親しい人たちですからお声もかけましたが、とてもそんな様子じゃなかったんで、あたしは憚《はばか》って木の陰に身を隠しました」

「二人はどんな様子だったのだ」

「なんと申しますか、お貞さんが怒っているようで、それを和尚がなだめている感じでしたな」

「……」

「それで二人ともあたしに気づかずに通り過ぎて行く時、もう我慢がならない、訴えてやると言っているお貞さんの声が聞こえましたよ。和尚は困っているようで、あの大きな躰を小さくしてました」

「ふむ」

「それがお貞さんを見た最後で、どうしたわけかいなくなっちまったもんですから、あの時のことを檀家の知り合いに話したんです。そうすると妙な噂が広まって、お貞さんは和尚にどうにかされたんじゃないかと、そういうことになっちまったんでございます」

「おまえは千海という和尚をどう見ている」

月之介の問いに、権兵衛はふっと表情を曇らせて、

「住職としてはつつがなくやっているようですが、ふだんの暮らしがどうも……」

「一緒にいる女のことだな」

「へえ、あれはお蘭といいまして、氏素性のわからない女なんでございます」

「若い僧の方はどうだ」

「祐天さんは真面目な人で、よくお勤めもして、悪く言う人はおりませんな。その祐天さんにこっそり聞いても、お蘭の正体を知らないのです」

「そうか」

それで月之介は辞去することにし、権兵衛に礼を言うと、

「しかしお武家様、長安寺にあまり詮索を入れますと、お寺社方から睨まれますよ」

権兵衛が言った。

「町方も寺社方も、このおれに垣根はないのだ」

そう嘯《うそぶ》いて、月之介は立ち去った。

十二

月のない闇夜であった。

山門を潜ると、迷わず母屋へ近づいて行った。

与吉の腰には、固い樫《かし》の棒が差してある。

お蘭に言われた通り、千海和尚をそれで殴打してやるつもりだった。悪がきの頃、これと似たような悪さをしたことを思い出していた。

方丈に灯はないから、千海は寝ているようだ。

裏手へ廻ったところで、暗がりからすっとお蘭が現れた。

「お蘭さん」

「和尚は寝ているよ。顔を見られたらまずいじゃないか」

「お、そうだった」

与吉がふところから黒布を取り出し、頭から盗《ぬす》っ人被《とかぶ》りにする。

「それから、これ」

お蘭が言ってじっと与吉を見ると、鞘ごとの匕首《あいくち》を差し出した。

与吉はぎょっとして、

「どうして、そんなものを」

「棒で殴るのを失敗《しくじ》って、和尚が暴れ出したらどうするのさ。あいつは力が強いんだ。捕まったらねじ伏せられちまうよ。そうなった時、これを抜いて脅せばいい」

「そうか。そういうこともあるな」

与吉が匕首を受け取り、ふところにしまいこんだ。女に支配されている自分を感じていた。

「与吉さん、すまないね。こんなことやらせちまって」

「いいってことよ。それでおめえさんの気が済むんなら、おれも嬉しいぜ」

「有難う」

束の間、与吉とお蘭が笑みを交わした。

「じゃ、頼んだよ」

お蘭に送られ、与吉は勝手から家のなかへ侵入した。

それをお蘭は見届け、ひらりといずこへか消え去った。

裏土間から上がって廊下へ踏み出し、与吉は方丈めざして忍び足で突き進んだ。

やがて方丈の前へきて、耳を欹《そばだ》てる。

千海の寝息は聞こえてこない。

そっと障子を開け、室内を覗いた。

こんもりとした夜具のなかから、寝ている坊主頭が見えた。

忍び入るや、夜具をはね上げ、与吉は樫棒をふり上げた。

殴打しようとし、違和感を覚えた。
さらに顔を近づけると、それは祐天であった。
(違う……)
与吉が後ずさった。
その時、片足がぬるっとした何かを踏み、滑りそうになった。
月明りを頼りにそこを見ると、畳に広がった血溜りだった。
「……」
悲鳴を上げそうになった。
膝頭に震えがきて、思うように躰が動かない。
何が起こったのか、とっさに頭が廻らなかった。
ばたばたと膝で這って祐天に近づいた。
祐天は白目を剝き、絶命していた。白っぽい夜着の腹の辺りが鮮血に染まっている。
「ああっ、なんてこった……」
つぶやき、ともかくこの場を去らねばあらぬ疑いをかけられると、逃げかかった。

突然唐紙が開き、鬼のような形相の千海が現れた。

顔を伏せ、与吉が逃げかかる。

「貴様、何をしている」

千海の怒声が飛び、与吉は襟首をつかまれて壁に叩きつけられた。

打ち所が悪く、激痛が走る。

それでも必死で逃げかかる与吉が、さらに千海に捉えられて鉄拳をくらわされた。

被りものが剝ぎ取られる。

「やっ、おまえは錺り職の与吉じゃないか。どうしてこんなことをした」

「あ、あっしは何も……」

何を言っても通じなかった。

千海の暴力は凄まじく、くり返される殴打に与吉の顔面は血だらけになった。

精も根もつき、与吉がへたばる。

障子が開き、お蘭が静かに顔を覗かせた。

「お蘭、辻番までひとっ走りしてこい。この男が押し込みに入って、祐天に気づかれて刺し殺したんだ」

「……」

お蘭が能面のような顔でうなずいた。与吉の方は見もしない。

そのお蘭の表情を見て、与吉は暗黒の底へ真っ逆様に突き落とされた。

(はめられた)

この状況では、救われる道がないこともわかった。

へちゃむくれの百合の顔が、泪が出るほど恋しかった。

十三

与吉の身柄は寺社方に引き取られ、そこで詮議を受けた後、調べ書き、添え状をつけられて町方へ移送された。

寺社方でも勘定方でも、管轄内で科《とが》を犯した者は、詮議が済めばすべて町方へ廻される仕組みになっている。それら犯科人は調べが済んでいるのだから、町方が再吟味をすることはない。

まずは小伝馬町《こでんまちょう》牢屋敷へ入牢させ、町方の犯科人と共に沙汰《さた》待ちということになる。

南の吟味方与力神坂乙三郎は、寺社方から差し廻されてきた錺り職与吉の犯科録を読むうち、うつらとろりと眠くなってきた。

与力の一人が隠居することになり、昨夜はその送別で強《したた》かに酔い、今日は二日酔いなのだ。朝になってもまだ酒の匂いが残っていたほどだ。

与吉の罪状は明々白々だった。

長安寺の蝶番を直す仕事を頼まれ、そこへ出入りするうち、与吉は悪心を起こした。そして押し込みに入ったものの、祐天という僧に見つかり、匕首で刺し殺してしまった。しかし住職の千海に取り押さえられ、あえなく御用弁となったものだ。

寺社方の調べでは、与吉の生活ぶりなどには触れてないが、恐らく借金か何か、事情があって切羽《せっぱ》詰まっていたのに違いない。

詳しい身辺事情を調べないところなど、いつもの寺社方のやり方で、杜撰《ずさん》である。もっとも寺社奉行は大名だから、詮議の緻密《ちみつ》さを求めても詮ないことだ。町方のようにその道の専門家ではないのである。

（まっ、こんなものであろう）

と高を括り、神坂は気にもしない。

ともかくその日は頭の芯がぼうっとしていて、あまり仕事にならない。

それで役所の用部屋で休んでいると、小者が呼びにきた。

鎧月之介様という御方が、裏門でお待ちだと言う。

「なに、鎧殿が」

横っ面を張られたぐらいの衝撃があって、神坂は急いで裏門へ向かった。月之介の名を聞いたとたん、しゃきっとなったから、自分でも不思議だと思った。月之介が役所へ訪ねてくるなど、これまでにただの一度もなかったことだ。

裏門の近くで、月之介がひっそりと待っていた。

神坂はその前へ近寄って行くと、

「何事かござったか、鎧殿」

「錺り職与吉の件で参った」

神坂が目を剝き、

「な、なんと……何ゆえ貴殿がその一件を」

「説明はあと廻しにして貰おう。与吉の詮議の中身が知りたい」

長安寺の周辺を調べている最中に、お鶴から異変を知らされた。

出入りの錺り職人与吉というのが長安寺へ押し込み、祐天を殺害し、揚句に千海に取り押さえられたと聞き、月之介は深い疑念を持った。

若い僧が殺害されるとは思ってもいなかったし、錺り職の存在も初めて耳にするものだった。

月之介の第六感は、そこに陰謀の臭いを嗅いでいた。

これには深い闇がある。

お貞、お杉の死亡、失踪となんら結びつくような気がしたのだ。

十四

数寄屋橋《すきやばし》御門を出て数寄屋橋を渡り、神坂の案内で、京橋西紺屋町《きょうばしにしこうやちょう》の一軒の古びた町屋へ入った。

外堀を挟んだすぐ目の前に、南町奉行所の大屋根が見えている。

数寄屋河岸の荷揚場《にあげば》からは、船から荷を下ろす人足たちの大声が聞こえている。

そこは奉行所が借り受けているもので、なんの変哲もない二階建の家だ。役人たちが隠密裏の会合などに使うのが目的で、与力、同心、岡っ引きなど、奉行所関係者のみが出入りを許されている。言ってみれば分室のようなもので、表では憚られることをここでやるのだ。

そのために内部は殺風景で、茶道具があるくらいでがらんとして何もない。だがものごとにはなんでも裏があり、神坂が押し入れを開けると酒徳利《さかどっくり》がずらっと並んでいた。奉行所で世話になった者の差し入れらしい。

「迎え酒だ」

そう言って、神坂が湯呑みに酒を注ぎ、ぐびりと飲んだ。

「かあっ、五臓六腑《ごぞうろっぷ》に沁み渡るのう」

悲鳴に近い歓喜の声を上げる。

そして冷やかに見ている月之介を尻目に、昨夜の送別の酒の件をひとくさり、言い訳がましく述べたあと、

「さてと」

そう言って、おもむろに持参の風呂敷包みを解いた。

月之介に言われ、役所から持ち出してきた与吉の調べ書きである。

月之介が無言でそれを読む間、神坂はちびちびと酒を舐めている。昼間から不《ふ》埒《らち》な与力なのである。

「与吉には悪い昔でもあるのかな」

調べ書きから顔を上げ、月之介が言った。

神坂が首をふって、

「いや、まったくない。念のため、盗賊類人別帳を調べたが、奴の名は載っておらん。あくまで素っ堅気の錺り職人なのであろう。女房子とは離別しているようだ」

盗賊類人別帳とは泥棒台帳のことで、それは町奉行所だけにあるものだ。

「夫婦離別のわけは」

月之介が問うた。

「そこまではな、寺社方は調べんのだよ」

うふふ、と寺社方を愚弄《ぐろう》するような笑い声を上げた。

「その男がなぜ押し込みを」

「寺社方のやり方はのう、そのなぜを追及せん。起きた結果だけで判断する。ゆえに悲しいかな、善も悪にされてしまうのだ。怪しからんと思わぬか」

「祐天の殺害についても、詳しく書いてないようだが」

「それも大いに不満の残るところだな。とても詮議になっておらんのだよ」

神坂の寺社方への憤懣《ふんまん》を聞いていても仕方がないので、月之介が話題を替え、

「ひとつ頼みたいことがある」

「うむ」

「住職の千海の身許《みもと》だ」

「み、身許とは？」

「長安寺は甲斐国身延、久遠寺を本山と仰ぐ日蓮宗の末寺と聞いた。千海はそこから一年前に差し廻されてきたが、それが果して真《まこと》かどうか、知りたい」

「なに、千海が偽者ということもあるというのか」

「それを確かめたい」

神坂が唸り声を上げ、

「……それはちと、厄介だな」

「寺社方に気脈を通じた人物は」

「まっ、いないこともないが……それより鎧殿、いったい何を調べているのだ。明かしてくれい」

「いや、それはまだ……やってくれるな」

「う、うむ」

神坂の返事は煮え切らない。

「さらにもうひとつ頼みたいが」

「わけも明かさず、頼みごとばかりではないか。わしをなんと思うている」

「おれとお主の仲ではないか」

「ふん、聞いて呆れるぞ。都合のいいことを言うな」

そう言って突っぱねるかと思いきや、

「やむを得ん、申してみよ」

「下手人の与吉というのに会いたい。直に話を聞きたいのだ」

神坂が難しい顔になって、

「うむ……」

考えこんだ。

「酔い醒ましに、牢屋敷まで散策といこうではないか」

十五

小伝馬町牢屋敷の穿鑿所《せんさくじょ》で、月之介は与吉と対面した。

穿鑿所とは、吟味部屋のことである。

神坂が初めに奉行所として訊問したいことがあると与吉に伝え、月之介を引き合わせた上で、自分は二人の背後に控えた。

部屋にいるのは三人だけで、人払いがなされている。

おなじ二百石取りでも、吟味与力の方が事実上身分は上だから、牢屋奉行は遠慮をしているのだ。

「与吉、おまえが祐天を殺害したのか」

まずは月之介が核心を衝く質問をした。

与吉は仕着せの獄衣を着せられ、ぺんぺん草のような月代が伸びている。

それがすっかりやつれた顔を上げて、

「いいえ、やっておりません」

しっかりした口調で言った。

「寺社方の調べ書きには、おまえの白状として書かれてあるが」

与吉は無念そうに唇を嚙むと、

「むりやりそうされたんです。あっしは爪印を押しただけでして」

「ではなぜ長安寺に押し入った」

「それは……」

与吉が苦悩を見せて、

「そそのかされたんです」

「誰にだ」

「お蘭という女です」

「千海和尚の妾だな」

「そうです。その女にたぶらかされ、長安寺に忍びこんで和尚に怪我をさせてくれと言われやした」

「お蘭は和尚に恨みでもあるのか」

「和尚の世話になってはいますが、逃げ出したいと言いました。そのお蘭とはあっしは情を通じておりましたんで、断れなかったんです」

「惚れ合っていたのか、お蘭とは」

「へえ、惚れてはいましたが……あっしも寂しかったもんで」

「女房子とはなぜ別れた」

「あっしの博奕狂いが元で、女房に愛想をつかされたんです。それもむりのねえことで、よくねえ亭主だったと思っておりやす。けど子供には思いが残っていて、会えねえ寂しさを余計に博奕で紛らわしておりやした」

「長安寺とは、どのようにして縁ができたのだ」

「ある日祐天さんがとびこんできて、寺の蔵の蝶番が壊れたんで直してくれと。

それで寺へ行きましたら、お蘭がいて、和尚に引き合わされやした。その時和尚から、お蘭のためにかんざしを作ってくれと言われたんで」

「情を重ねるなかで、お蘭に和尚をいたぶってくれと頼まれたのだな」

「そういうことです。お蘭が不幸な昔を語るんで、気の毒になったんです。けど今思えば……あれはみんなお蘭の作り話だったのかも知れやせん」

「罠《わな》にはめられたということか」

「祐天さんの死げえを見て、とっさにそう思いやした。そこへ現れたお蘭の表情は別人のもので、あっしのことを氷のような冷てえ目で見たんです」

やりとりを押し黙って聞いていた神坂が、つかつかと立ってきて、

「与吉、おまえ、それだけのことをなぜ寺社方にはっきり言わぬのだ」

与吉が泣きっ面を見せて、

「抗弁させてくれねえんですよ。頭からあっしを下手人と決めつけて、ひどい折檻をされました」

「しかし祐天を刺した匕首を、おまえはふところに呑んでいたとあるぞ」

さらに神坂だ。

与吉は悔しそうな目になり、

「そ、それもお蘭に騙されてつかまされたんです。和尚が暴れたら、匕首で脅せと渡されやした」

神坂が月之介へ真剣な目を向け、

「鎧殿、与吉の申すことがすべて事実なら、誰が祐天を殺害したというのだ」

「生臭坊主と女狐の仕業でしょうな」

「では何ゆえこの男を巻きこんだ」

「恐らく、下手人が必要だったのでは……あるいは、祐天に生きていて貰っては困るような事情があったのかも知れん」

「うむむ、困ったな」

悩む神坂を、月之介が見やった。

「寺社方が調べ済みとしているものを、町方が覆《くつがえ》すことはできん。いや、暗黙のうちにそういうことはしてはならんと……」

「善を悪にしてもよろしいのか」

「いやいや、それは断じていかんことだ。冤罪《えんざい》をこさえるのは御法度《ごはっと》だ」

「ではそれがしにお任せ頂こう」

「ま、待て、それは……」

「神坂殿、よく聞かれよ。町方と寺社方の意地の張り合いなど、おれにはなんの関心もない。肝心なことは、下手人でもない者が下手人にされることだ。あってはならぬことではないのか」

「……」

神坂は一言もない。

「与吉、おまえの罪は晴らしてやる。もう少し辛抱するのだな」

「へっ？　あ、あっしの濡《ぬ》れ衣《ぎぬ》を……」

与吉が目を輝かせた時には、月之介はもう身をひるがえしていた。

神坂はそれを憮然と見送り、

「あ奴め、礼も言わずと……なんと無礼な男なのだ」

「与力様、もしかして、あっしは助かるんでしょうか」

与吉は藁《わら》にも縋る気持ちだ。

「わしに聞くな」

「そ、それに、あの御方はいってえどういう人なんですかい」

「知らんな、それも」

神坂が木で鼻を括った。

十六

月之介の前に、猫千代とお鶴が対座していた。

「扣納豆《たたきなっとう》、いらんかねえ。納豆、納豆……」

道場の外を納豆の売り声が通って行く。

「月の旦那、長安寺の檀家の数なんでござんすがね」

猫千代がまず口を切り、

「正確な数は寺の台帳でも見なければわかりませんが、檀家衆に聞いて廻ったところでは四十七士にあと一人、というところでして」

「そのなかにお貞、お杉の三番目になるような者はいるか」

月之介の言葉に、猫千代がぱちんと指を鳴らしてみせ、

「いたんでござんすよ、これが。大当たりです」

そう言って、猫千代はお鶴に話の先をうながす。

お鶴が膝を進めて、

「下谷三味線堀に小花屋《こばなや》という紅白粉問屋《べにおしろい》がありまして、そこに六十五になる元気なご隠居さんがいます」

猫千代が引き取って、

「ご隠居はお民《たみ》さんというんですが、金遣いの荒い婆さんでして、おまけに派手好きときていて、芝居見物や遊山を毎日のようにしてる人なんです。つまり金を湯水のように使う浪費家ってえわけで」

「千海とは、どうだ」

「和尚もいろいろつき合わされて、このところ二人はよく会ってるようなんですよ」

「きな臭いな」

「鎧様もそう思われますか」

これはお鶴だ。

「うむ、やがて千海の魔の手が伸びるかも知れん」

猫千代が真顔を据えて、

「旦那は千海が婆さんばかり殺して金をぶん取ってると、本当にそう思ってるんですか」

月之介が無言でうなずく。

猫千代が顔をしかめて、

「お鶴ちゃん、旦那の言うことが当たってたら、今日あたり危ないね」

「ええ」

「どうした」

月之介の問いに、お鶴が答えて、

「小花屋さんに近づいて聞いてましたら、お民さんと娘さんの喧嘩が耳に入ったんです。そこの家つき娘で、入り婿を尻に敷いてる人なんです」

「何を争っていた」

「どうやらお民さんが和尚に金を貸しているらしくって、それを娘さんが咎《とが》めて、早く返して貰えと言ってました。檀家をやめてほかのお寺にしてもいいんだと、娘さんはとても怒ってるんです。お民さんは娘さんには弱いようで、それで叱られたから、これから長安寺へ行くみたいなことを言ってました」

「……」

「旦那、その娘さんに事情を聞いてみましょうか」

「いや、それでは間に合うまい」

月之介がそぼろ助広を引き寄せ、出支度を始めた。

そこへ玄関の方が騒がしくなり、「鎧殿はおるか」と言う神坂の声が聞こえてきた。

その声に、猫千代とお鶴が慌てたように居住まいを正す。

神坂は入ってくるなり、頭を下げる猫千代たちには目もくれず、

「いや、鎧殿、大変なことがわかったぞ」

神坂が息を切らせ、猫千代の冷めた茶を勝手に飲み干して、

「実はわしは寺社方の大検使《だいけんし》殿と些《いささ》か知己があってな、それで長安寺の千海のことを調べて貰ったのだ」

「それで」

月之介が話の先をうながす。

「寺社方への届けによると、千海は寛保《かんぽう》三年（一七四三）生まれの七十とある。どうだ、わしは会ったことはないがそんな年寄なのか。違うであろう」

月之介は何も言わず、表情を硬くした。

お鶴が月之介に代って、

「神坂様、千海和尚はどう見ても四十前後の脂ぎった人ですよ」

「なに、やはり……」

さっと月之介に目を向けて、

「鎧殿、今の千海は偽者なのだな」

「うむ」

「では本物はどうしたのだ」

「どこかですり変わったのでしょう。これは由々《ゆゆ》しき一大事、偽の千海は稀代《きだい》の大悪党ということになる」

月之介がずしんと重い声で言った。

十七

たそがれて、山門が霞《かすみ》がかかったように見えていた。

千海が庫裏《くり》の障子を開け放ち、秋の風情の漂う庭園を眺めながら、気持ちよさそうに酒を飲んでいる。

その前にはお蘭の姿があった。

「お蘭、おまえは蚊喰鳥のような女だな」

千海が笑みを含ませながら言った。

「それはどういう意味だえ、おまえさん」

「与吉とつるんで、わしの寝首を掻こうと思ったこともあるんじゃないのか」

一瞬、お蘭は視線を泳がせるが、

「あはは、相変わらず疑り深いんだねえ、おまえさんて人は」

笑いとばした。

「どうだ、図星だろう」

「あんな意気地のない男と、どうしてあたしがつるむんだい。箸にも棒にもかからない奴なんだよ」

「ふふふ、一度ならず肌を許した男なんだ、そんなあしざまに言ったら可哀相だぞ。おまえが与吉に抱かれている時、わしは気も狂わんばかりの思いでいたものだ」

「はん、よくもそんなことが言えるね。一から十まで、何もかもおまえさんの指図でやったことじゃないか」

千海がお蘭にぐいっと顔を寄せ、

「それじゃ、また指図をしてもいいかな」

「な、なんだい」

「死ぬまでわしの女でいろ」

「ふん」

「さあ、こっちへこい」

お蘭がにっと笑って千海へ膝で寄り、しなだれかかる。

千海はお蘭を後ろから抱きすくめ、その耳朶《みみたぶ》に赤い舌を這わせて、

「わしとおまえは未来永劫《みらいえいごう》、一緒だ」

「悪党同士だからね、離れられないのさ」

「悪党で何が悪い。善で生きるより、悪の方がずっとましだ。悪事を考えているとむらむらと血が騒ぐ。それが生きてる証《あかし》なんじゃないか」

「そうとも、おまえさんの言う通りだ。だから祐天を殺す時なんざ、あたしはわくわくしちまったよ。あんなに気の昂ったことはついぞなかったねえ」

「それを聞き忘れていた。あの時わしは姿を隠していたからな、どうやって祐天をやったんだ」

「和尚さんが遠出をしちまったと言って、あいつを方丈へ誘ったのさ。それで肩を揉んでくれと頼んだら、あいつは素直に応じたよ。でも顔を真っ赤にして、女の肌に触れたことなんてないから、気の毒なくらいどぎまぎしていて可愛かったよ」

「そこを刺し殺したんだな」

「ああ、あっさりあの世へ行っちまった」

「今思えば、あいつは可哀相な奴だ。生真面目にお勤めをしていたし、どこにも落ち度はなかったんだ」

「仏心はいらないよ。本堂に隠した大金を、あいつは見ちまったんだからね」

「運の尽きだったな。あのことを知られたからには生かしておくわけにゃいかないんだ」

「けどおまえさんの悪運の強さには恐れ入ったよ。お貞やお杉を殺しても、ばれることがないんだからさ」

「もしかして、わしは御仏《みほとけ》に守られているのかも知れない」

「あんたがかい」

「ああ」

顔を見合わせ、二人がぱっと笑った。

その時、「和尚さんはいるかえ」という老女の声がした。

お蘭がはっとなって、

「小花屋の隠居だよ」

「なんだ、今時分。向こうへ通せ」

「あいよ」

十八

千海が先廻りして小部屋で待っていると、お蘭に案内された老婆が入ってきた。

それが小花屋の隠居のお民で、皺だらけの顔にうす紅を差している。

お蘭が去るのを、お民は疎《うと》ましい目で追いながら、

「和尚さん、あたしゃどうしてもあの人が気に入らないんだよ。どうしてこのお寺に飼ってるのさ」

「ははは、飼ってるはいいね。あれでもわしの役に立ってるんだ」

「お寺は女人禁制のはずだよ。みんなが陰で取り沙汰してますよ。あたしゃあんたのために言ってるんだ」

「用件はなんだね。こんなに日が暮れてからやってくるなんて、珍しいじゃないか」

「実は娘にやいのやいのと言われてさ、あたしも往生してるんだよ。これまでに貸した金を少しでも返しておくれでないかえ。お寺の修繕に和尚さんに貸したと言っても、娘は聞き容れないんだ。それどころか、檀家を引き上げたいなんぞと

言う始末さ」

千海が冷酷な目になり、

「金を返すつもりはないよ、お民さん」

「なんだって」

「あれは借りたんじゃない。わしは御布施《おふせ》だと思ってるんだ」

「そ、それはないじゃないか。いついつまでにかならず返すと、和尚さん約束したはずだよ」

「言った覚えはないね」

「ちょいと、和尚さん」

「おまえさん、どうせ毎日湯水のように金を使ってるんじゃないか。わしに貸した七十両なんて、屁《へ》でもないだろう」

「冗談じゃない。返さないのならお上へ訴えることになるよ。あたしゃ知ってるんだ。元黒門町のお貞さんにも、あんたは大枚を借りてるんだろう」

「ああ、そうだよ。お貞さんにもたんと御布施を貰っている。お上へ訴えてやると、あの人もおなじことを言ったね」

冷笑を浮かべる千海に、お民は目に怒りを浮かべて、

「あたしゃあんたを庇《かば》ってきたけど、娘の言うことの方が正しかったんだね。今すぐ返さないと、お寺はやってらんなくなるよ。千海は騙《かた》り坊主だって言い触らしてやる」

「そんなことはさせないよ」

千海が腕を伸ばし、がっとお民の細い首に手をかけた。

「あっ、何するんだい」

「おまえにも眠って貰おう。お杉と一緒にうちの墓地に埋めてやる」

「く、苦しい」

お民が必死で暴れ、もがき苦しむ。

千海が身を乗り出し、お民を押し倒して馬乗りになった。

その時、本堂の方からじゃらじゃらっと小判が壮烈に流れる音がした。

「……」

ぎくっとした千海がそっちを見て、お民から離れるや、急いで小部屋を出て行った。

お民は命拾いをして、暫し死にそうな顔をして喘いでいたが、取るものもとりあえず逃げ出した。

十九

千海は廊下の途中で、納戸に手を突っこんで手槍を取り出し、それを武器にして本堂へ向かった。

三十畳ほどの本堂には、ひとつの燭台《しょくだい》に火が灯り、ゆらゆらと炎が燃えていた。

その灯が須彌壇のなかの曼陀羅《まんだら》を妖しく照らし出している。

お蘭が太縄で柱に括られ、猿轡《さるぐつわ》を嚙まされていた。

千海を見るとお蘭は身をよじりながら、必死の目で危機を知らせている。

だが千海は、お蘭をすぐに助けようとはせず、油断のない目で辺りを見廻していたが、やがて床板の一点に険しい視線を注いだ。

二百枚ほどの小判が散乱している。

「誰だ、出てこい」

本堂に千海の大きな声が響いた。

すると暗がりから、月之介が幽鬼のような姿を現した。

「やっ、おまえは誰だ」

とっさに千海が手槍を構えた。

「偽坊主、本物の千海和尚はどうした」

「なんだと」

「おまえの悪行はすでに露見している。そこの莫連女《ばくれんおんな》と謀《はか》り、物持ちの老女二人を騙して大金を巻き上げ、揚句に亡き者にした。あまつさえ、なんの罪もない祐天をも殺害し、銹り職の与吉に濡れ衣を着せた。それに相違あるまい」

千海がふてぶてしい笑みになり、

「どこのもの好きか知らんが、酔狂なことだな。わしの正体を暴いてなんとする所存だ。一文の得にもなるまい。命のあるうちにとっとと消え失せろ」

「消えるのはおまえの方だ、この世からな」

「かあっ」

千海が怒声と共に手槍で突進した。

抜く手も見せずに月之介が抜刀し、応戦する。

そぼろ助広と手槍が烈しくぶつかり、火花を散らせた。

修羅場を潜っているらしく、千海の手並は卓越している。

月之介が圧倒され、押しまくられた。

ここを先途と、千海が攻撃する。

「くたばれっ」

千海の突いた槍が柱に刺さった。

その隙をつき、月之介が刀をふるう。

だが千海は強かで、すぐに槍を引き抜き、突いて突いて突きまくる。

後退すると見せかけ、月之介が反撃に転じた。

今度は千海が退く。

そして対峙《たいじ》し、二人は火のような目で睨み合った。

千海が睨み据え、独白する。

「本物の千海は甲州路の野面《のづら》で果て、今頃は白骨となっておろう。それをわしが江戸へきて取って変わった。そうして千海和尚として生きるうち、いつしかおのれでも千海になったような気になってきた。不思議なものだな。この先もわしはここで生きつづける。諸国流浪の願人坊主《がんにんぼうず》をしていた頃を思えば、今の暮らしは極楽だ。おまえごとき無頼に、この幸せを奪われてなるものか」

怒髪天を衝き、千海が床を蹴った。

ぶつかってくるその坊主頭を、そぼろ助広が一刀両断にした。

頭骨が二つに割れ、血汐《ちしお》が噴く。

血達磨《ちだるま》になった千海が倒れ伏した。

月之介は無表情に血刀を懐紙で拭って納刀し、冷やかな目でお蘭を見た。

猿轡は顎の下に弛んでいたが、お蘭は何も言わず、潤《うる》んだような目で月之介を見つめている。

「おまえの幸せも奪って、すまんな」

月之介が皮肉を浴びせた。

「んねえ」

お蘭が甘さを含んだ声を発した。

月之介が黙って見やる。

「ここに宝の山があるんだよ。二人で山分けしないかえ。ものは考えようじゃないか。あんたさえよかったら、仲良くしたっていいんだ」

みずから着物の裾を割り、白い腿を覗かせた。

月之介は憐れみの目になると、

「地獄へ堕《お》ちろ」

それだけ言い捨て、本堂を出て行った。

谷中全体が深い闇の底に沈み、まるで黄泉《よみ》の国にいるような静寂が支配していた。

墓場ばかりのその町を、月之介がゆっくりと歩いて行く。

これで与吉を救ってやれた。子供にも会わせてやれる。与吉はまさに九死に一生を得たのだ。

――だがその先は。

博奕をやめ、真人間に戻れるか。

それは与吉しだいだから、月之介の関知しないことだ。人の面倒を見るのもそこまでなのだ。

（あとは野となれ、山となれ）

野面に果てた老僧を思い、月之介の心は湿った。

ざあっ。

生暖かい風が吹いてきた。

――降ってくるな。

月之介の足が速まった。

双葉文庫

わ-04-10

鎧月之介殺法帖《よろいつきのすけさっぽうちょう》

斬奸状《ざんかんじょう》

2008年9月14日　第1刷発行

【著者】
和久田正明《わくだまさあき》

【発行者】
赤坂了生

【発行所】
株式会社双葉社
〒162-8540 東京都新宿区東五軒町3番28号
[電話]03-5261-4818(営業) 03-5261-4833(編集)
http://www.futabasha.co.jp/
(双葉社の書籍・コミックが買えます)

【印刷所】
株式会社亨有堂印刷所

【製本所】
株式会社若林製本工場

【表紙・扉絵】南伸坊
【フォーマット・デザイン】日下潤一
【フォーマットデジタル印字】飯塚隆士

ISBN978-4-575-66347-1 C0193

佐伯泰英

居眠り磐音《いわね》 江戸双紙26

紅花《べにばな》ノ邨《むら》

長編時代小説〈書き下ろし〉

紅花商人の前田屋内蔵助に身請けされ、山形に旅立っていった奈緒の身に危難が迫っていた。磐音は奥州道中を北へ向かう。シリーズ第二十六弾。

佐伯泰英

居眠り磐音《いわね》 江戸双紙27

石榴《ざくろ》ノ蠅《はえ》

長編時代小説〈書き下ろし〉

出羽山形を発ち、日光道中の帰路を急いでいた磐音ら一行は、江戸を目前にした千住掃部宿で窮地に陥った若侍を助けるが……。シリーズ第二十七弾。

佐伯泰英 著・監修

「居眠り磐音《いわね》 江戸双紙」読本

ガイドブック〈文庫オリジナル〉

「深川・本所」の大型カラー地図をはじめ、地図や読み物満載。由蔵と少女おこんの出会いを描いた書き下ろし「跡継ぎ」（シリーズ番外編）収録。

坂岡真

照れ降れ長屋風聞帖

雪見舟

長編時代小説〈書き下ろし〉

元会津藩の若き浪人・天童虎之介に、己の若き日の姿を見た浅間三左衛門。虎之介とともに会津へ向かう。大好評シリーズ第九弾。

坂岡真

照れ降れ長屋風聞帖

散り牡丹《ぼたん》

長編時代小説〈書き下ろし〉

三左衛門の住む長屋の母娘を助けたことで、江戸中で評判になった陰陽師。しかし、その男には世間を欺く裏の顔があった。大好評シリーズ第十弾。

鈴木英治

口入屋用心棒

雨上《あめあが》りの宮《みや》

長編時代小説〈書き下ろし〉

死んだ緒加屋増左衛門の素性を確かめるため、探索を開始した湯瀬直之進。次第に明らかになっていく腐米汚職の実態。好評シリーズ第十弾。

鈴木英治

口入屋用心棒

旅立ちの橋

長編時代小説〈書き下ろし〉

腐米汚職の黒幕堀田備中守を追詰めようと策を練る直之進は、長く病床に伏していた沼里藩主誠興から使いを受ける。好評シリーズ第十一弾。

築山桂
銀杏《いちょう》屋敷捕物控
まぼろしの姫
長編時代小説〈書き下ろし〉
銀杏屋敷に住む志希に縁談が持ち上がった。相手は京の身分ある公家。銀杏屋敷の住人たちは喜びよりも淋しさと不安が。シリーズ第三弾。

築山桂
家請人《いえうけにん》克次《かつじ》事件帖
夏しぐれ
長編時代小説〈書き下ろし〉
訳あって岡っ引きを辞め、深川で家請人業を営む克次。身投げしようとしていた大店の娘を救ったことで身辺が慌しくなる。シリーズ第一弾。

鳥羽亮
はぐれ長屋の用心棒
瓜ふたつ
長編時代小説〈書き下ろし〉
奉公先の旗本の世継ぎ問題に巻き込まれ、浪人に身をやつした向田武左衛門がはぐれ長屋に越してきた。そんな折、大川端に御家人の死体が。

鳥羽亮
はぐれ長屋の用心棒
長屋あやうし
長編時代小説〈書き下ろし〉
はぐれ長屋に遊び人ふうの男二人と無頼牢人二人が越してきた。揉めごとを起こしてばかりいたその男たちは、住人たちを脅かし始めた。

藤井邦夫
知らぬが半兵衛手控帖
籠《かご》の鳥
長編時代小説〈書き下ろし〉
北町奉行所臨時廻り同心の白縫半兵衛は、鎌倉河岸近くで身投げしようとしていた女を助けるが……。好評シリーズ第七弾。

藤原緋沙子
藍染袴《あいぞめばかま》お匙帖
紅《あか》い雪
時代小説〈書き下ろし〉
千鶴の助手を務めるお道の幼馴染み、おふみが許嫁の松吉にわけも告げず、吉原に身を売った。千鶴は両親のもとに出向く。シリーズ第四弾！

藤原緋沙子
藍染袴《あいぞめばかま》お匙帖
漁《いさ》り火《び》
時代小説〈書き下ろし〉
岡っ引の彌次郎の刺殺体が神田川沿いで引き上げられた。半年前から前科者の女衒を追っていたというのだが……。シリーズ第五弾！